주저하는 근본주의자

주저하는
근본주의자

모신 하미드

왕은철 옮김

민음사

일러두기
1 본문의 각주는 모두 옮긴이 주이다.
2 이 책은 민음사 모던 클래식 시리즈로 펴냈던 『주저하는 근본주의자』를
 새로 펴낸 것이다.

차례

1

실례합니다만, 도와드릴까요? 아, 저 때문에 놀라신 모양이군요. 내 수염 보고 놀라지 마세요. 나는 미국을 사랑하는 사람이에요. 당신이 뭔가를 찾고 있는 것 같아서요. 아니, 찾고 있는 것 이상이라고 해야 할까요. 사실, 당신은 무슨 **임무**를 띠고 있는 것 같았어요. 내가 이 도시 토박이고 당신네 말을 할 줄 아니까 도움이 될 수 있겠다 싶군요.

당신이 미국인이란 걸 어떻게 알았느냐고요? 아뇨, 피부색으로 안 건 아니죠. 이 나라에도 피부색은 다양하니까요. 우리나라 북서쪽 국경 지방에 사는 사람들 중 당신 같은 피부색이 종종 있죠. 그렇다고 당신 옷 때문도 아니었어요. 유럽 여행객도 당신이 입은 것처럼 뒤가 한 번만 트인 양복과 단추를 채우는 목깃이 달린 셔츠를 디모인에서 쉽게 살 수 있을 테니까요. 맞아요, 당신처럼 짧게 깎은 머리에 우람한 가슴—100킬로그램이 넘는 역기를 규칙적으로 너끈하게 들어 올리는 남자의 가슴 말이죠.—은 미국인의 **특징**이죠. 하지만 운동선수들이나 군인들은 국적에 상관없이 똑같이 보이는 경향이 있어요. 내가 당신을 알아본 건 당신 **태도** 때문이었어요. 얼굴이 굳어지시는데, 당신을 모욕하려는 게 아니에요. 그저 내 관찰일 뿐이라고요.

자, 당신이 뭘 찾는지 나한테 말해 보세요. 하루 중 이 시각에 옛 아나르칼리 지역—아시는지 모르지만, 왕자를 사랑했다는 이유로 감금당한 창녀의 이름을 딴 지역이랍니다.—에 온 이유는 하나밖에 없죠. 최고급 차 한 잔 마시려고 온 거죠. 제대로 맞혔다고요? 그렇다면 이 많은 곳들 중 내가 좋아하는 곳을 알려 드리죠. 맞아요, 바로 이곳이에요. 철제 의자들에 씌운 천도 다른 곳들보다 더 좋을 건 없고, 나무 탁자들도 거칠긴 마찬가지고 노천에 있는 것도 마찬가지죠. 하지만 장담하건대, 차 품질은 견줄 데가 없어요.

등을 벽에 아주 가까이 댈 수 있는 저 자리가 좋다고요? 좋아요. 그러나 이따금 부는 바람의 혜택은 덜 보게 될 거예요. 사실, 바람을 맞으면 따뜻한 오후가 더 즐겁거든요. 재킷도 안 벗으시겠다고요? 격식을 많이 차리시는군요! **그건** 미국인답지가 않군요. 적어도 내 경험으로는 그래요. 내 경험은 실질적이죠. 당신네 나라에서 사 년 반을 살았으니까요. 어디였느냐고요? 뉴욕에서 일을 했고, 그 전에는 뉴저지에 있는 대학에 다녔어요. 네, 맞아요. 프린스턴에 다녔어요! 추리력이 대단하시네요.

프린스턴에 대해 어떻게 생각했느냐고요? 그 질문에 답하자면 길어요. 그곳에 처음 갔을 때, 주변 고딕 건물들—나중에 알고 보니, 이 도시에 있는 많은 사원들보다 오래되지 않았는데 산 처리와 정교한 석공 기술로 일부러 오래된 것처럼 보이게 했더군요. —을 바라보며 생각했어요. **꿈이 현실이 됐구나.** 프린스턴을 보면서 나는 내 인생이 내가 주연이고 모든 것이 이루어질 수 있는 영화인 것 같은 느낌을 받았어요. **이 아름다운 캠퍼스와 각 분야 거장들인 교수들과 미래 철학자이자 왕인 동료 학생들에게 접근할 수 있게 됐구나.** 이렇게 생각했던 거죠.

학생들의 수준에 대해 처음에는 지나치게 관대했다는 건 인정해야겠네요. 그들은 거의 모두가 지적이었고 상당수는 뛰어났어요. 하지만 내가 두 명밖에 안 되는 파키스탄인 중 하나—1억이 넘는 인구 중 둘이었어요.—였던 데 반해, 미국인들에게는 심사 과정이 훨씬 덜 까다로웠던 거죠. 당신네 나라 인구가 우리나라 두 배밖에 안 되는데, 미국 학생들은 천 명이 입학했어요. 오백 배가 많았던 거죠. 결과적으로 우리 중 미국인이 아닌 학생들이 평균적으로 미국 학생들보다 공부를 더 잘했죠. 내 경우를 얘기하자면, 4학년이 될 때까지 B를 맞아 본 적이 없어요.

지금 돌아보니, 미국의 다른 것들과 마찬가지로 실용적이고 효과적인 시스템의 힘을 알 것 같아요. 우리 외국인 학생들은 우리 중 최고이자 가장 똑똑한 사람이 가려질 때까지, 잘 다듬어지고 표준화된 시험들뿐만 아니라 정밀하게 제작된 평가들—면접, 에세이, 추천서—을 통해 걸러져 세계 곳곳에서 왔던 거죠. 나도 파키스탄에서 최고의 시험 성적을 받은 학생에

속했어요. 게다가 대학 축구부에 들어가 경쟁할 정도로 축구를 잘했죠. 다리를 다쳤던 2학년 때까지 축구부에서 실제로 활동했어요. 나 같은 학생들한테는 비자와 장학금을, 그것도 전액 지원 장학금을 주고 능력에 입각한 집단에 초대한 거죠. 그에 대한 보답으로 우리한테, 우리 재능을 당신들 사회, 그러니까 우리가 합류하고 있는 사회에 기여하라고 했던 거죠. 우리는 대부분, 기꺼이 그렇게 하려고 했어요. 나는 분명히 그랬어요. 적어도 처음에는 그랬어요.

매년 가을, 프린스턴은 캠퍼스를 찾은 회사 신입사원 모집자들을 위해 치마를 걷어 올리고 그들에게 속살을 약간 보여 줬죠. 프린스턴이 보여 준 속살은 물론 좋은 속살이었죠. 가능한 가장 젊고 말 잘하고 영리한 속살이었으니까요. 하지만 나는 4학년 때, 내가 모든 속살 중에서도 아주 특별하다는 걸 알았죠. 말하자면, 나는 완벽한 가슴이었어요. 촉촉하고, 중력을 거부하는 것처럼 보이는 황갈색 가슴 말이죠. 나는 내가 원하는 어떤 직업이든 갖게 될 걸 확신했어요.

언더우드샘슨 앤드 컴퍼니 하나를 제외하고 말이죠. 그 회사에 대해 들어 본 적 없다고요? 감정 회사였어요. 그들은 고객들에게 사업이 얼마나 가치 있는지 감정해 줬어요. 이상할 정도로 정밀하게 말이죠. 규모는 작았어요. 실제로 최소한의 인원만 고용하는 전문 기관이었으니까요. 그런데 돈을 많이 줬어요. 대졸 신입사원 초봉이 8만 달러가 넘었으니까요. 더 중요한 건, 그들이 확고한 기술과 대단한 명성을 줬다는 거예요. 명성이 워낙 대단해 거기에서 분석가로 이삼 년 일하면 하버드 경영대학원 입학이 실질적으로 보장될 정도였죠. 이 때문에 2001년도 프린스턴 졸업생 중 백 명이 넘는 사람들이 성적증명서와 이력서를 언더우드샘슨에 보냈던 거죠. 그중에서 여섯 명이 뽑혔어요. 취직이 된 게 아니라 면접에 뽑혔다는 거예요. 그중 하나가 나였죠.

당신은 걱정이 되는 모양이군요. 그러지 마세요. 덩치 큰 이 친구는 웨이터일 뿐이니까요. 재킷 속으로 손을 넣을 필요는 없어요. 지갑을 꺼내려고 그러는 모양인데, 나중에 차를 다 마시고 나서 내면 돼요. 우유와 설탕을 넣은 보통 차를 드시겠어요, 아니면 향기가 더 좋은 명품 차인 카슈미르 차를 드시겠어요? 잘 선택하셨어요. 나도 같은 걸로 할 게요. 잘레비도 한 접시 주시고요. 거봐요. 갔잖아요. 저 친구가 다소 위압적이라는 건 나도 인정해요. 그래도 아주 예의 바른 친구예요. 당신이 우르두어를 안다면, 저 친구의 달콤한 언변에 깜짝 놀랄 거예요.

우리 어디까지 얘기했죠? 아, 맞아요, 언더우드샘슨 얘기를 하고 있었죠. 면접 날이 되자, 나는 나답지 않게 긴장했어요. 면접관은 한 사람이었는데, 나소 인 호텔에 있는 방에서 우리를 맞았어요. 특실이 아니라 평범한 방이었어요. 그들은 우리가 이미 충분히 감동을 받고 있다는 걸 알고 있었어요. 내 차례가 되어 들어가자, 몸집이 당신과 비슷한 남자가 있더군요. 그도 노련한 육군 장교 같은 모습이었으니까요. "찬게즈?" 그의 말에 나는 고개를 끄덕였어요. 그게 내 이름이에요. "어서 와서 여기

주저하는 근본주의자

앉아요."

그는 내게 자기 이름이 짐이라고 하고, 정확하게 오십 분 안에 자기를 설득해서 나를 채용하게 하라고 했어요. "자신을 팔아 보세요. 당신이 특별한 게 뭐죠?" 나는 성적에 관한 얘기부터 시작하면서 내가 최우등으로 대학을 졸업할 거라고 했죠. 얘기했던 것처럼, B가 하나도 없었으니까요. 그가 말했어요. "당신이 영리한 건 분명하죠. 하지만 내가 오늘 면접을 하는 사람들 중 B를 맞은 사람은 아무도 없어요." 그 말을 들으니 불안해지더군요. 나는 그에게 내가 강인하다고 했어요. 무릎을 다친 적이 있는데, 물리 치료를 하는 데 의사가 예상했던 시간의 절반밖에 안 걸렸다고 했어요. 그리고 대학 축구부에서 더 이상 뛸 수 없게 되었지만, 1500미터를 육 분 내로 다시 뛸 수 있게 되었다고 했어요. "좋네요." 그가 말했어요. 나는 그가 "하지만 다른 건 없나요?"라고 덧붙였을 때, 내가 그에게 조금은 인상을 남긴 것 같은 느낌을 처음으로 받았어요.

나는 조용해졌어요. 당신이 보다시피, 나는 보통은 얘기하는 걸 즐기는 사람이에요. 그런데 그때는 무슨 말을 해야 할지 모르겠더라고요. 나는 그가 나를 바라보는 걸 보며 그가 뭘 기대하고 있는지 알아내려고 노력했어요. 그는 탁자 위에 있던 내 이력서를 내려다보더니 다시 고개를 들더군요. 그의 눈은 차갑고 연한 푸른색이었고 **재단하는** 듯했어요. 그 단어의 일반적인 의미에서가 아니라, 사거나 팔 의향이 없는 다이아몬드를 호기심에서 검사하는 보석상처럼, 전문적으로 감정을 한다는 의미에서 말이죠. 마침내 얼마쯤 시간이 흐른 후, 일 분도 안 됐을 텐데 더 길게 느껴졌죠, 그가 말했어요. "뭔가 얘기해 보세요. 고향이 어디죠?"

나는 아리안족에서부터 몽골족과 영국인들에 이르기까지 침략자들의 역사가 깃든, 퇴적 평원처럼 단층 지대이고 뉴욕처럼 많은 사람들이 사는, 파키스탄에서 두 번째로 큰 도시이자 펀자브의 고대 수도였던 라호르 출신이라고 말했어요. 그는 그저 고개만 끄덕거리더니 말하더군요. "장학금을 받나요?"

나는 바로 대답하지는 않았어요. 면접관이 건드리면 안 되는 것들이 있다는 걸 나는 알고 있었어요. 예를 들어 종교나 성 취향 같은 거죠. 재정 지원도 그중 하나가 아닐까 싶었어요. 하지만 망설인 건 그래서가 아니었어요. 내가 망설인 건 그의 질문이 불편했기 때문이었어요. 나는 "그래요."라고 말했어요. 그랬더니 그가 묻더군요. "외국 학생들이 장학금을 신청하면 받기가 더 어렵지 않나요?" 나는 다시 "그래요."라고 말했죠. 그랬더니 그가 말했어요. "정말로 돈이 필요했겠군요." 나는 세 번째로 "그래요."라고 말했어요.

짐은 몸을 뒤로 물리고 지금 당신처럼 다리를 꼬더니 말했어요. "당신은 옷도 잘 입고 세련됐군요. 억양도 품위 있고요. 사람들 대부분은 당신이 고향에서는 부자라고 생각할지 모르겠네요." 질문은 아니었어요. 그래서 나는 아무 말도 하지 않았어요. 그가 말을 이었어요. "이곳 친구들은 당신 가족이 당신을 장학금 없이 프린스턴에 보낼 수 없다는 걸 아나요?"

앞에서 얘기했던 것처럼, 내 면접 중 가장 중요한 질문이었어
요. 그리고 나는 내가 침착해야 한다는 걸 알고 있었죠. 그런데
화가 나더군요. 나는 그런 질문은 충분히 받았다고 생각하고 말
해 버렸죠. "미안하지만 이런 질문을 하는 이유가 뭡니까?" 내
가 의도했던 것보다 말이 더 공격적으로 나왔어요. 내 목소리는
높고 날이 서 있었어요. "그러니까 그들이 모른다는 말이군요."
그가 미소를 짓더니 말을 이었어요. "성미가 급하시군요. 좋아
요. 나도 프린스턴을 나왔어요. 81학번이죠. **최우등**으로 졸업했
고요." 그가 눈을 깜빡이더군요. "우리 집에서 대학에 간 건 내
가 처음이었어요. 나는 빚을 지지 않으려고 밤에 트렌턴 시에서
일했어요. 사람들이 알지 못하게 캠퍼스에서 멀리 떨어진 곳에
서 말이죠. 그래서 찬게즈, 나는 당신이 어떤 곳에서 왔는지 알
죠. 당신은 굶주렸어요. 내 생각엔, 좋은 거죠."

솔직히 나는 당황했어요. 어떻게 반응해야 할지 모르겠더군
요. 하지만 나는 짐한테 깊은 인상을 받았어요. 결국 그는 몇 분
만에, 몇 년 동안 나를 알았던 많은 사람들보다 더 분명하게 나
를 간파했으니까요. 나는 왜 그가 평가에 효율적이고 더불어 왜
그의 회사가 그 분야에서 명성이 높은지 이해할 수 있었어요.
나도 그가 나한테서 좋은 점을 찾아냈다는 게 기뻤어요. 그를
만나고 흔들렸던 자신감이 돌아오기 시작하더군요.

이쯤 해서 옆길로 약간 빠져도 괜찮을 것 같군요. 나는 가난
하지 않아요. 가난한 것과는 거리가 멀죠. 예를 들어, 고조할아
버지는 펀자브 지방 이슬람 학교에 후원금을 낼 정도로 재력 있

는 변호사였어요. 그분처럼 할아버지와 아버지도 영국에서 대학을 다녔어요. 우리 가족의 집은 이 도시에서 가장 비싼 지역 중 하나인 굴베르그 한복판 4000제곱미터에 달하는 땅에 있어요. 운전사와 정원사를 포함해 하인들도 여럿 있죠. 이 정도면 미국에서는 우리가 대단한 부자였을 거라는 뜻이죠.

하지만 우리는 부자가 아니에요. 우리 집 남자와 여자들―그래요, 여자들도 말이죠.―은 전문직에 종사하죠. 그런데 고조할아버지가 돌아가신 후로 오십여 년 동안, 파키스탄에서는 전문직이 잘나가는 상황이 아니에요. 월급은 인플레이션에 맞춰 올라가지 않았고, 루피 가치는 달러에 비해서 계속 하향세였어요. 한때는 재산이 상당하던 우리들은 세대가 불어나면서 그걸 나누고 또 나누게 됐죠. 할아버지는 당신 아버지가 할 수 있었던 걸 할 수 없게 되었죠. 그래서 나를 대학에 보낼 때가 되자 돈이 없었고요.

하지만 계급 의식이 있는 여느 전통 사회에서처럼, 위상이라는 것은 부보다 더 천천히 내려가는 법이죠. 그래서 우리는 아직도 펀자브 클럽 회원권을 갖고 있죠. 우리는 도시 엘리트 계층이 벌이는 행사나 결혼식이나 파티에 계속 초대를 받죠. 우리는 BMW SUV를 타고 거리를 누비는 졸부 사업가들―합법적, 불법적 사업을 하는 사장들 말이죠.―을 혐오감과 질투 섞인 눈으로 바라보죠. 어쩌면 우리 상황은 부르주아들이 치고 올라오는 걸 바라봐야 했던 19세기 유럽 귀족들과 그리 다르지 않을지 모르죠. 물론 차이가 있다면, 우리 경우에는 불안감이 더 컸다는 거죠. 예전 부자들만이 아니라 상당수 중산층까지 압박했으니까요. 우리는 전에는 살 수 있었던 것을 점점 더 살 수 없게 되었죠.

이런 현실에 직면하면 두 가지 선택권이 있죠. 모든 것이 괜찮은 척하거나 옛날로 돌아가려고 열심히 일하는 거죠. 나는 둘 다를 선택했어요. 프린스턴에 다닐 때 사람들 앞에서는 너그럽고 태평한 젊은 왕자처럼 행동했죠. 하지만 동시에 최대한 조용하게 캠퍼스의 세 군데—근동연구 프로그램 도서관처럼 사람들이 자주 찾지 않는 곳들—에서 일했어요. 그리고 밤을 새워 수업 준비를 했어요. 내가 만난 사람들 대부분은 내 겉모습에 속았어요. 짐은 속지 않았어요. 하지만 다행히도 내가 수치라고 생각한 것을 그는 기회로 생각했어요. 그리고 나중에 알고 보니 그가 옳았어요. 다 옳았던 건 아니고 일부는 말이죠.

아, 차가 나왔네요! 그렇게 의심스러운 표정 짓지 마세요. 장담하는데, 불행한 일은 전혀 안 생길 거예요, 배탈조차 안 날 거예요. 어찌 됐건, **독을 탄** 것 같지는 않네요. 당신 마음이 더 편해진다면, 내 것과 당신 것을 바꿔 줄게요. 이렇게 말이죠. 설탕은 얼마나 타실래요? 타지 않겠다고요? 아주 드문 경우지만 우기진 않을게요. 이 끈적끈적하고 달콤한 오렌지색 잘레비 맛 좀 보세요. 뜨거우니까 조심하세요! 마음에 드시는 모양이군요. 그래요, 아주 맛있죠. 이렇게 따뜻한 날씨에도 차를 마시면 기분이 상쾌해질 수 있다는 게 이상하지만, 정말 그래요.

언더우드샘슨에서 면접을 본 일에 대해 얘기하고 있었죠. 짐이 나를 **굶주린** 사람이라고 표현했다는 말까지 했죠. 나는 그가 다음에는 무슨 말을 할지 보려고 기다렸어요. 그는 이렇게 말하더군요. "좋아요, 찬게즈, 당신을 테스트해 보겠어요. 당신한테 한 사업체에 관한 평가를 해 보라고 하려고요. 알고 싶은 게 있으면 뭐든 나한테 물어도 돼요. 질문을 스무 개 정도 생각해 보세요. 계산은 연필과 종이로 할 수 있고요. 준비됐나요?" 내가 준비됐다고 말하자 그가 말을 이었어요. "나는 당신한테 커브볼을 던질 거예요. 당신은 창조적이어야 해요. 회사는 단순해요. 즉각적인 여행이라는 서비스 라인 하나밖에 없어요. 뉴욕에 있는 터미널로 들어가서 런던에 있는 터미널에 바로 다시 나타나는 거죠. 「스타 트렉」에 나오는 운송선처럼 말이죠. 알겠어요? 좋아요. 시작합시다."

그 순간 내가 겉으로는 평온해 보였다고 생각하고 싶지만, 속으로는 공포에 질려 있었어요. 방금 묘사한 것 같은 환상적인 허구 회사의 가치를 어떻게 평가하나 싶었어요. 어디에서 시작할지조차 몰랐어요. 나는 짐을 바라보았어요. 그가 농담을 하고 있는 것 같지는 않았어요. 그래서 나는 숨을 들이쉬고 눈을 감았어요. 축구를 할 때 정신을 가다듬는 자세가 있었어요. 나 자신을 잊고 의심과 한계로부터 자유로워져 오직 게임에만 집중하려는 자세였죠. 이런 자세가 되면, 아무도 날 막지 못했어요. 이슬람 신비주의자들이나 승려들은 아마 이런 느낌을 이해할 것 같아요. 어쩌면 고대 전사들은 싸우러 나가기 전에 이와 비슷한 행동을 했을지 몰라요. 두려움에 방해받지 않고 그들이 움

주저하는 근본주의자

직일 수 있도록, 임박한 죽음을 받아들이는 의식 같은 거라고나 할까요.

여하튼 나는 이런 정신 자세로 면접에 들어갔어요. 나는 그 문제를 어떻게 풀어낼 것이냐에 모든 걸 집중했어요. 그 기술을 이해하기 위해 우선 얼마나 측정할 수 있고, 얼마나 믿을 수 있고, 얼마나 안전하느냐고 묻는 것부터 시작했죠. 그러고는 짐에게 환경에 대해 물었어요. 직접 부딪치는 경쟁자들은 있는지, 조정자들은 뭘 할지, 특별히 중요한 제조업자들은 있는지 물었던 거죠. 그리고 가격 문제로 들어가서 비용이 얼마나 드는지 계산해 봤어요. 마지막으로 수입 문제를 따졌죠. 일단 콩코르드 여객기를 비교 대상으로 삼았어요. 여행 시간을 반으로 줄일 때 비용과 수요를 계산하고, 제로까지 줄이면 얼마나 더 얻게 되는지 예측해 보았죠. 그 모든 것을 하고 나서, 미래 이익을 예측해 보고 현재 가치로 환산해 보았죠. 그러니까 답이 나오더군요.

"23억입니다." 짐은 한동안 말이 없다가 고개를 저으며 말했어요. "지나치게 낙관적이군요. 이것을 택하는 고객들에 대한 당신 기준이 너무 높아요. 당신이라면 기계 속으로 들어가 증발했다가 수천 킬로미터 떨어진 곳에서 다시 만들어지고 싶겠어요? 정확하게 우리 고객들은 이런 엉터리를 확인해 달라고 우리 언더우드샘슨에 돈을 내는 거요." 나는 고개를 숙였어요. 짐이 계속 말했어요. "하지만 당신 접근 방식은 옳았어요. 당신에겐 이 일이 필요로 하는 게 있어요. 당신에게 필요한 건 훈련과 경험이에요." 그가 손을 내밀더군요. "당신을 채용하겠어요. 일주

일을 줄 테니 결정해 알려 주세요."

처음에 나는 그를 믿지 못했어요. 그가 진심인지, 내가 통과해야 하는 두 번째 관문은 없는지 물었어요. 그가 말했어요. "우리 회사는 작아요. 우리는 시간을 낭비하지 않아요. 게다가 분석가를 채용하는 건 내 권한이죠. 다른 사람의 의견은 필요 없어요." 나는 그의 손이 아직도 우리 사이의 허공에 떠 있는 걸보았어요. 나는 그가 손을 뺄지 몰라 후다닥 잡았어요. 그의 손에는 힘이 있었어요. 그 손은 언더우드샘슨이 그의 삶을 바꿔놓은 것처럼, 돈과 지위에 대한 내 걱정을 먼 과거로 보내고 내삶을 바꿔 놓을 잠재력이 자신에게 있다는 사실을 내게 알려 주려는 것 같았어요.

나는 그날 오후 늦게 기숙사로 돌아왔어요. 에드워즈홀이라불리는 기숙사였죠. 하늘은 눈부시게 푸르렀어요. 지금, 우리위로 보이는 먼지 낀 오렌지색 하늘과는 너무 달랐어요. 나는내 안에서 뭔가 솟아오르는 걸 느꼈어요. 자부심이 아주 강하게느껴졌어요. 그래서 나는 고개를 들고 놀랍게도 소리를 질렀어요. "고맙습니다, 하느님!" 지나가던 다른 학생들도 놀랐을 거예요.

그래요, 흥분되는 일이었죠. 다소 장황하긴 했지만, 프린스턴시절을 돌아보면 **그렇게** 생각돼요. 프린스턴은 내게 모든 것을가능하게 만들었어요. 하지만 내가 여기에서, 내가 태어난 도시에서, 짙고 검은 색깔이 될 정도로 오래 우려내고, 신선한 우유를 넣어 부드러워진 차를 즐기는 일 같은 것들을 잊게 하지도

않았고 그럴 수도 없었죠. 훌륭하지 않습니까? 차를 다 마셨군
요. 한 잔 더 따라 드리죠.

2

페인트가 묻은 청바지를 입고 걸어가는 저 여자들 보이죠? 맞아요, 매력적**이죠**. 우리 옆에 있는 탁자에 전통옷을 입고 앉아 있는 저 가족의 여자들과는 너무 다르죠. 국립예술대학이 멀지 않은 곳에 있어요. 사실 저 모퉁이만 돌면 있어요. 우리들이 지금 이러고 있는 것처럼, 학생들이 종종 차를 마시러 이곳에 와요. 당신은 저 여자가 특히 마음에 드는가 보군요. 정말 미인이군요. 당신은 당신네 나라에 애인을 두고 온 건 아닌가요? 남자든 여자든 말이죠. 당신 취향을 알 수 없으니까 하는 말이에요. 당신의 강렬한 눈길을 보니 여자인 것 같지만 말이죠.

당신이 어깨를 으쓱하는 걸 보니 모르겠군요. 하지만 단도직입적으로 말해, 나는 애인을 두고 왔어요. 이름은 에리카였어요. 우리는 졸업하고 나서 여름에 만났어요. 프린스턴 졸업생들 몇이 그리스로 휴가를 같이 갔거든요. 그녀와 다른 사람들은 대학에서 가장 유명한 사교 클럽 회원들이었는데, 부모한테 선물을 받거나 이제 성년이 되어 접근할 수 있게 된 신탁자금 배당금으로 여행을 하고 있었어요. 나는 기숙사 지하에 있는 부엌에서 밥을 손수 해 먹던 사람이었는데, 언더우드샘슨과 계약하고 받은 보너스로 갈 수 있었던 거죠. 축구부에서 활동하던 시절부터 척이라는 친구를 잘 알고 지냈는데, 척을 통해서 그 사람들을 만났어요. 그들은 내가 이국적이라서 좋아했던 것 같아요.

우리는 서로 다른 비행기를 타고 아테네에서 모였어요. 에리카를 처음 봤을 때, 나도 모르게 그녀의 등짐을 들어 주겠다고 했어요. 그녀가 너무 **위엄 있게** 생겨서 그랬죠. 그녀는 머리를 왕관처럼 위로 올리고 있더군요. 그리고 마오 서기장의 모습이 그려진 짧은 티셔츠 밑으로 배꼽이 보였어요. 대단한 배꼽이었어요. 나중에 알고 보니, 몇 년 동안 태권도를 해서 배가 그렇게 단단해졌다고 하더군요. 서로에 대한 소개가 끝나자 그녀는 내 손을 잡으며 미소를 지었어요. 왜 그랬는지는 몰랐어요. 내가 너무 세련돼서 그랬는지, 아니면 너무 시대에 뒤처져 보여서 그랬는지, 잘 몰랐어요. 여하튼 그러고 나서 우리는 다른 사람들과 함께 항구 도시인 피레에프스를 향해 출발했어요.

에리카한테 구애를 하는 데 내가 유리하지 않다는 게 바로 명백해지더군요. 사실, 우리가 섬으로 가는 나룻배에 오르자마자, 젊은 친구가 기타를 치며 갑판 저쪽에서 그녀를 향해 세레나데를 부르기 시작하더군요. 밖으로 드러냈지만 빈약한 그의 가슴 앞에는 가죽 줄에 이빨 하나가 매달려 있었어요. 귀가 간지러울 정도로 그녀가 내게 가깝게 몸을 기울이며 물었어요. "저게 어

느 나라 말이죠?" 나는 골똘히 생각해 보고 말했어요. "영어 같
아요. 사실, 「1969년 여름」이라는 브라이언 애덤스의 노래예
요." 그녀가 웃었어요. "당신 말이 맞아요." 그녀는 예의 바르게
목소리를 낮춰 덧붙였어요. "와, 노래 정말 못하네요!" 나도 맞
장구를 치고 싶었지만, 그 음유 시인이 아무런 위협도 되지 않
는다는 걸 알고 너그럽게 침묵을 지키기로 했죠.

　더 심각한 도전은 척의 친구였어요. 그 친구의 이름도 척처럼
단음절이더군요. 다음 날, 우리가 분화구 정상 음식점에 앉아
있을 때였어요. 산토리니라는 섬 자체가 분화구로 이뤄진 곳이
었어요. 여하튼 그 친구가 에리카의 의자 뒤에 아무렇지도 않게
팔을 뻗더니 그 자세로 상당히 오래 있는 게 아니겠어요. 아주
불편할 텐데도 말이죠. 에리카는 그에게 팔을 빼 달라고 하려는
기색이 전혀 없었어요. 그래도 나는 저녁 식사를 하는 동안 그
녀가 내 말을 열심히 들어주고 이따금 미소를 지으며 녹색 눈으
로 나를 바라보는 걸로 위안을 삼았죠. 그런데 나중에 펜션으로
돌아오는 길에 그녀와 마이크는 맨 뒤에서 같이 왔어요. 그날
밤, 잠 드는 게 힘들더군요.

　아침에 나는 그녀가 마이크와 함께가 아니라 그보다 먼저 식
사하러 온 걸 보고 마음이 놓였어요. 그리고 우리가 가장 먼저
깬 사람들 같아 기분이 좋았어요. 그녀는 크루아상에 잼을 바르
더니 반쪽을 나한테 건네며 말했어요. "내가 뭘 하고 싶은지 알
아요?" 나는 그녀에게 뭐냐고 물었어요. "여기 혼자 있고 싶어
요. 이 섬 중 하나에 방을 하나 세내어 글만 쓰고 싶어요." 나는

주저하는 근본주의자

그녀에게 그러면 되지 않느냐고 말했어요. 그러나 그녀는 고개를 저으며 말했어요. "나는 혼자 있는 건 잘 못해요. 하지만 당신은." 그녀는 이렇게 말하다가 고개를 기울이고 팔을 포갰어요. "당신은 괜찮을 것 같아요."

나는 내가 알기로는 혼자 있는 걸 두려워한 적이 없었어요. 그래서 나는 그렇다고 어깨를 으쓱하며 말했어요. "어렸을 때, 나를 포함해 사촌 여덟 명이랑 함께 살았어요. 할아버지가 자식들에게 물려준 땅은 담으로 둘러싸여 있었죠. 우리는 개 세 마리를 같이 키웠어요. 오리가 있었던 적도 있고요." 그녀가 웃더니 말했어요. "그러니까 혼자 있는 건 사치라는 말이죠?" 나는 고개를 끄덕였어요. 그녀가 말했어요. "당신한테서는 집이 풍기는 강렬한 분위기가 느껴져요. 그거 아세요? 대가족 출신이라는 분위기 말이죠. 좋아요. 그것이 당신을 견고하게 만들어 주니까요." 내가 완전히 이해했는지는 모르겠지만, 여하튼 기분이 좋더군요. 그래서 더 좋은 말이 생각나지 않아 고맙다고 했어요. 그리고 내가 너무 앞서 가는 것이 아니기를 바라며 머뭇머뭇 물었어요. "당신은 어때요? 당신도 견고한 느낌을 받나요?"

그녀는 내 말을 생각해 보고 슬픔이 묻어 있는 듯한 목소리로 말했어요. "이따금요. 아니, 사실은 아니에요." 내가 다른 말을 하기 전에 척이 오고 곧이어 마이크가 왔어요. 대화는 해변과 숙취와 연락선 시간표로 넘어갔어요. 하지만 내가 에리카를 보고 그녀도 다시 나를 보면서, 우리 사이에 뭔가가 오갔다는 걸 서로 이해한 것 같은 느낌을 받았어요. 우정에의 첫 초대라고나 할까요. 그래서 나는 대화를 계속할 기회를 참고 기다렸어요.

그런 기회는 한동안 오지 않았어요. 사실, 여러 날이 지날 때까지 오지 않았죠. 당신은 내가 기다림에 좌절했을 거라 상상할지 모르지만, 당신이 알아야 할 것은 내가 내 인생에서 그런 휴가를 보내 본 적이 없었다는 거예요. 우리는 스쿠터를 빌리고 짚 돗자리를 사서 검은 화산 모래 해변에 깔았어요. 맨살에 닿기에는 햇볕이 너무 뜨거웠거든요. 우리는 노부부가 여름에 여행객들에게 빌려 주는 야릇하게 생긴 집의 방에서 지냈어요. 낙지를 구워 먹고 소다수와 적포도주를 마셨죠. 나는 그 전에는 유럽에 간 적도, 바다에서 헤엄을 친 적도 없었어요. 당신도 알다시피, 라호르는 해안에서 비행기로 구십 분 정도 떨어져 있으니까요. 그래서 나는 부유한 젊은 친구들 사이에서 지내는 기쁨을 만끽했죠.

솔직히 말하면, 내 신경을 거스르는 **것들**도 있었죠. 예를 들어 그들이 아무렇지도 않게 돈을 쓰는 게 그랬어요. 한 사람당 50달러쯤 되는 식사를 이따금(그러나 그리 드문 일은 아니었어요.) 하면서도 아무 생각이 없었으니까요. 또 시중을 드는 사람들을 대하는 그들의 오만함도 걸렸어요. "당신들이 우리한테 그렇게 **말했잖아.**" 그들은 자기들보다 두 배나 나이 많은 그리스인들한테 그런 식으로 말했어요. 그러고는 자기들 식으로 일 처리를 하려고 했죠. 돈이 떨어져 가는 것을 의식하고 있던 데다 연장자를 존중하는 전통적인 감각을 갖고 있었기 때문에, 나는 인간 역사의 어떤 반전이 그들을 지배 계급처럼 행동하게 만드는 위치에 두었는지 궁금하더군요. 그중 상당수는 세련미가 너무 부족해서 우리나라에서는 졸부로 취급받았을 거예요.

하지만 그 후에 당신네 나라와 우리나라의 관계가 어떻게 흘러갔는지 아니까, 그런 자극적인 상황들을 내가 과장해서 돌이켜 보고 있는 건지도 모르죠. 게다가 다른 사람들은 내게 배경에 지나지 않았어요. 맨앞에 에리카가 가물거리고 있었으니까요. 그녀를 지켜보는 건 대단히 만족스러웠어요. 그녀는 나한테 혼자 있는 게 싫다고 했잖아요. 잘 보니, 그녀는 혼자 있는 경우가 드물었어요. 그녀는 사람들을 끌어당겼어요. 그녀에게는 흔치 않은 매력이 있었어요. 환경에 대한 그녀의 영향을 기록하는 자연주의자라면, 그녀를 암사자에 비유했을 것 같아요. 강하고 날렵하고 당당한 암사자 말이죠.

하지만 그녀는 주변사람들로부터 거리를 두고 안에서만 존재하는 것 같은 느낌을 줬어요. 냉담했다는 말이 아니에요. 사실 그녀는 기질적으로 친절했어요. 그러나 그녀의 일부가 닿을 수 없는 곳에 가 있고 무슨 생각에 빠져 있는 것 같았어요. 어쩌면 그녀의 매력과 무관하진 않았던 것 같아요. 당신네 나라 여자 연예인과 비교하자면, 스피어스보다는 펠트로에 더 가까웠어요.

그런데 당신은 내가 문화에 관해 언급하는 건 들은 척도 안 하는군요! 마음이 산란해 보여요. 국립예술대학에 다니는 저 아름다운 여자들이 당신 마음을 사로잡은 게 분명해요. 아니면 그들 뒤에 서 있는, 나보다 수염이 훨씬 더 긴 저 남자를 쳐다보고 있는 건가요? 당신은 그가, 티셔츠와 청바지가 볼썽사납다고 저 여자들을 혼낼 거라고 생각하세요? 나는 그렇게 생각하지 않아요. 저 여자들은 이 지역과 잘 어울려 보여요. 이곳에 자주 올 것 같아요. 그런데 저 남자는 안 어울리는 것 같아요. 게다가 라호르 저잣거리에 통용되는 많은 규칙이 있는데 그중 하나는 이런 거예요. 만약 여자가 남자한테 괴롭힘을 당하면, 대중의 형제애에 호소할 권리가 있어요. 대중은 그들의 여자 형제들을 괴롭히는 남자들을 두들겨 패 주죠. **저기** 보세요. 보이죠? 저 사람이 가고 있어요. 그는 당신처럼 흥미로운 뭔가를 그저 보고 있었던 거예요. 하지만 물론 당신이 훨씬 더 신중하다는 것이 차이라면 차이겠네요.

에리카와 그리스에 같이 있었던 그해 여름, 나는 그녀를 쳐다보지 않으려고 노력했어요. 하지만 휴가가 끝나 갈 즈음, 로즈 섬에서 그녀를 쳐다보지 않을 수 없었어요. 로즈 섬에 안 가 보셨다고요? 가 봐야 돼요. 우리가 갔던 다른 섬들과 달라 보였어요. 도시들은 고대 성들에 둘러싸여 있었어요. 터키인들에 대항하기 위한 거였죠. 근대 그리스의 육군과 해군과 공군처럼 말이죠. 동양에 대항하기 위한 벽의 일부가 아직도 서 있는 거죠. 내가 다른 쪽에서 자랐다고 생각하니까 참으로 이상하더군요.

하지만 그곳은 여기도 아니고 저기도 아니에요. 나는 쳐다보지 않을 수 없었던 순간에 대해 얘기하고 있어요. 우리는 해변에 누워 있었어요. 근처에서는 많은 유럽 여자들이 늘 그랬듯 윗옷을 벗고 일광욕을 하고 있었어요. 나는 그런 건 전적으로 괜찮다고 생각했어요. 하지만 프린스턴에 다닌 여자들은 불행하게도 그때까지 그런 걸 못 받아들였어요. 그런데 에리카가 비키니 끈을 풀더라고요. 나는 그녀가 아주 가까운 곳에서 가슴을 햇볕에 드러내는 걸 바라보았어요.

한순간이었어요. 아니, 당신 말이 맞아요. 내가 정직하지 못했네요. 한순간 **이상**이었죠. 그녀가 고개를 옆으로 돌리고, 내가 자기를 바라보는 걸 보았어요. 내겐 여러 가지 대처 방법이 있었어요. 갑자기 눈을 돌릴 수도 있었죠. 그러면 내가 바라보고 있었다는 것뿐만 아니라 그녀의 벗은 몸을 불편해한다는 사실도 드러낼 수 있었겠죠. 그렇지 않으면 잠시 멈췄다가 아무렇지 않게 눈길을 돌릴 수도 있었죠. 그녀의 가슴을 보는 것이 세상에서 가장 자연스러운 일이라도 되는 것처럼 말이죠. 혹은 적절한 문학적 표현을 통해, 나의 딜레마에 완벽하게 부합하는 대목이 『미스터 팔로마』라는 소설에 나온다고 말하며 그녀의 관심을 돌릴 수가 있었겠죠.

하지만 나는 그중 아무것도 하지 않았어요. 대신 얼굴을 붉히며 "헬로." 라고 말했어요. 그녀가 미소를 지으며(그녀답지 않게 수줍어하는 것 같더군요.) "하이." 하고 대답하더군요. 나는 고개를 끄덕이고 뭔가 다른 말을 생각해 보려고 하다가 실패하고 다시 "헬로." 라고 했어요. 그렇게 말하자마자 사라지고 싶었어요. 내 말이 믿을 수 없을 정도로 어리석게 들렸을 거라는 걸 알았어요. 그녀가 작은 가슴을 출렁거리며 웃기 시작했어요. 그녀가 말했어요. "나, 수영하러 가려고요." 그녀는 걸어가다가 반쯤 몸을 돌려 덧붙였어요. "같이 갈래요?"

나는 그녀의 엉덩이 아래쪽 살이 팽팽해지며 등뼈를 안정시키는 모습을 보면서 그녀를 따라갔어요. 우리는 물가로 갔어요. 물은 따뜻하고 정말로 맑았어요. 둥근 조약돌과 작은 고기들이 반짝이는 모습이 물속으로 보였어요. 우리는 물속으로 들어갔어요. 그녀는 힘차게 팔을 내저으며 멀리 수영을 했어요. 그리고 내가 그녀와 나란한 지점에 올 때까지 선헤엄을 치고 있었어요. 한동안 우리는 말이 없었어요. 나는 우리가 물을 차고 나아갈 때 우리의 미끄러운 다리가 서로 스치는 걸 느꼈어요. 그녀가 마침내 말했어요. "나는 내 또래에서 당신처럼 예의 바른 사람을 만난 적이 없는 것 같아요." 나는 그리 기쁘지 않은 어조로 말했어요. "예의 바르다고요?" 그녀가 미소를 지었어요. "그런 의미로 말한 게 아니에요. **지루한** 예의 바름 말고요. 정중한 예의 바름 말이죠. 당신은 사람들에게 공간을 줘요. 나는 정말로 그게 좋아요. 흔하지 않은 일이에요."

우리는 얼굴을 마주 보며 움직였어요. 내가 무슨 말을 해 주기를 그녀가 기다리고 있는 것 같다고 느꼈어요. 그런데 아무 말도 할 수가 없었어요. 대신 나는 어떻게 하면 얼굴이 바보처럼 보이지 않을까 생각하고 있었어요. 그녀가 몸을 돌려 얼굴을 물 위로 내놓고 해변으로 돌아가기 시작했어요. 나도 같이 돌아가기 시작했어요. 마침내 내가 말을 할 수 있게 됐어요. "우리, 시내로 돌아가서 한잔할까요?" 그 말에 그녀는 한쪽 눈썹을 올리고 평소 그녀답지 않은 어조로 말했어요. "너무 좋아요."

주저하는 근본주의자

해변에서 그녀는 셔츠를 입었어요. 지금도 기억나는데, 목깃 끝이 닳은 파란색 남자 셔츠였어요. 그녀는 수건과 비키니 상의를 가방에 넣었어요. 우리 동료 중 아무도 우리와 같이 가려고 하지 않았어요. 선탠을 할 수 있는 햇볕이 아직도 한 시간쯤 남아 있었으니까요. 그래서 우리 둘은 도로로 나가 버스를 탔어요. 우리가 나란히 앉아 있는 동안, 그녀의 맨다리는 내 허벅지에 놓인 내 손에서 3센티미터도 떨어지지 않은 곳에 있었어요.

파키스탄에서는 여자 몸을 보고 더 민감하게 반응하는 게 놀라워요. 그렇지 않습니까? 수염을 기른 저 남자—그런데 저 남자는 아직도 이따금 당신을 경계하게 만드는 모양이로군요.—도 50미터쯤 떨어진 곳에 있는 여자들을 어깨 너머로 바라보지 않을 수가 없나 보네요. 그런데 저 여자들은 목과 얼굴, 팔 아래쪽 사분의 삼만 내놓았어요! 부족함의 효과죠. 적당함에 대한 규칙들이 부적당함에 대한 **갈증**을 키우는 거죠. 이런 식으로 일단 민감해지면, 감각은 아주 느리게만 무뎌지죠. 여름에 그리스 여행을 했을 때쯤, 나는 이미 미국에서 사 년을 보낸 무렵이었어요. 그러니 대학생들이 일반적으로 경험하는 친밀함은 다 경험한 상태였어요. 그래도 나는 그때까지도 여성의 피부에 대해서는 예민하게 의식하고 있었어요.

나는 밀 색깔을 띤 에리카의 팔다리에 무례하게 시선을 집중하지 않기 위해, 셔츠가 아버지 것인지 그녀에게 물었어요. 그녀는 엄지와 검지로 셔츠를 비비며 말했어요. "아니, 남자 친구 거예요." "아, 남자 친구가 있는지는 몰랐네요." "작년에 죽었어요. 이름이 크리스였어요." 나는 유감이라며 셔츠가 좋은 거라고 말했어요. 크리스의 취향이 훌륭하다고 했어요. 그녀도 동의했어요. 그가 아주 멋쟁이였다고 하더군요. 병원에서도 다소 허영을 부렸고, 간호사들이 그한테 푹 **빠졌었다**고 하더군요. 그녀 말에 따르면, 그는 **구세계적인** 매력을 지닌 잘생긴 사람이었다고 해요.

시내에 가니 항구 근처에 카페가 있더군요. 탁자들은 푸른색과 흰색이 뒤섞인 파라솔로 가려져 있었어요. 그녀는 맥주를 주문했어요. 나도 따라서 했죠. 그녀가 물었어요. "파키스탄은 어떻게 생겼어요?" 나는 그녀에게 파키스탄의 모습은 다양하다고 말했어요. 바닷가도 있고 사막도 있고, 강과 운하 사이로 뻗은 농지도 있다고 말했어요. 나는 그녀에게 내 부모와 형과 함께 차를 몰고 카라코람 고속도로로 중국에 간 적이 있다고 말했어요. 알프스 정상보다 높은 계곡의 바닥을 통과해서 말이죠. 나는 그녀에게 이슬람교도들이 술을 사는 것은 불법이어서, 소형 스즈키 트럭으로 우리 집에 술을 배달해 주는 기독교 밀주업자를 통해 술을 마신다고 말했어요. 그녀는 미소를 짓고 내가 하는 말을 들었어요. 마치 내가 묘사하는 것들을 조금씩 맛보며 자기 입맛에 맞다고 하는 것 같았어요. 그녀가 말했어요. "고향이 그리운가 보군요."

나는 어깨를 으쓱했어요. 나는 종종 고향을 그리워했지만 그 순간에는 내가 있는 곳에 만족하고 있었어요. 그녀가 메모장을 꺼내더군요. 부드러운 오렌지색 가죽으로 장정된 것이었어요.

주저하는 근본주의자

전에 그녀가 쉴 때 거기에 뭔가를 끄적이는 걸 본 적이 있었어요. 그녀는 메모장을 연필과 함께 나한테 주며 말했어요. "당신네 글씨가 어떻게 생겼죠?" "우르두어는 아랍어와 비슷해요. 그런데 글자 수가 더 많죠." "나한테 보여 줘요." 그래서 나는 보여 줬죠. 그녀가 내 눈을 쳐다보며 말했어요. "아름답네요. 무슨 뜻이에요?" "이건 당신 이름이에요. 밑에 것은 내 이름이고요."

우리는 그 자리에 계속 있었어요. 얘기를 하다 보니 해가 저물더군요. 그녀는 내게 크리스에 대해 얘기해 줬어요. 그들은 같이 자랐다고 했어요. 서로 마주 보는 아파트에 살았대요. 둘 다 형제가 없고, 같은 나이였던 모양이에요. 그들은 첫 키스를 하기 훨씬 전부터 몹시 친했대요. 첫 키스는 여섯 살 때 했는데, 열다섯 살 때까지는 다시 하지 않았대요. 그에게는 유럽 만화책들이 많았는데, 둘 다 그 책들을 엄청 좋아했던 모양이에요. 몇 시간이고 같이 읽고 만화도 직접 그렸대요. 크리스는 그리고, 에리카는 쓰고 말이죠. 둘 다 프린스턴에 합격했지만, 크리스는 갈 수가 없었대요. 폐암 진단을 받았기 때문이었대요. 그녀는 미소를 지으며, 그는 담배 같은 건 내시경 검사가 나온 다음 날, 한 개비밖에 피우지 않았다고 했어요. 그녀는 일주일에 사흘을 뉴욕에서 그와 같이 보낼 수 있도록, 금요일에는 수업이 없도록 조정했다고 했어요. 삼 년 후, 3학년이던 봄학기 말에 그는 죽었다고 했어요. 그녀가 말했어요. "그래서 나도 고향이 그리워요. 손가락이 가늘고 길었던 그 친구가 나의 고향이었다는 점이 다르지만 말이죠."

그날 저녁 늦게, 우리가 다른 사람들과 함께 저녁을 먹으러 나갔을 때, 에리카는 내 맞은편 자리에 앉았어요. 척은 다른 사람들의 흉내를 잘 내서 모두를 웃겼어요. 내 생각에 그가 나를 흉내 내는 건 약간 과장되어 보였어요. 하지만 다른 사람들은 제대로 흉내 내는 것 같았어요. 그러더니 그는 탁자 주변을 돌아다니면서 우리에게 우리가 가장 바라는 꿈이 뭔지 얘기해 보라고 했어요. 내 차례가 되었을 때, 나는 언젠가 핵 기술을 갖춘 이슬람 공화국의 독재자가 되고 싶다고 말했어요. 다른 사람들은 충격을 받은 것 같았어요. 나는 농담이었다고 설명을 해야 했어요. 에리카만 미소를 짓더군요. 그녀는 내 유머 감각을 이해하는 것 같았어요.

에리카는 소설가가 되고 싶다고 했어요. 그녀는 졸업 논문으로 장편 소설을 써서 제출했고, 프린스턴에서 상을 탔다고 했어요. 그녀는 그 소설을 수정해서 출판 에이전트에게 넘겨 그들이 어떻게 반응하는지 보려고 한다고 했어요. 보통 에리카는 자기 자신에 대해서는 거의 얘기하지 않았는데, 그날 저녁 그녀는 약간 낮은 목소리로 나를 종종 쳐다보며 얘기를 했어요. 늘 그랬던 것처럼 자기한테 관심을 보이는 다른 사람들이 있는데도, 그녀는 나와 친밀감을 공유하는 것 같았어요. 그 느낌은 내가 고기에서 살을 발라내는 데 애를 먹는 걸 보고 그녀가 묻지도 않고 나를 도와줄 때, 더 강해졌어요.

그리스에서는 에리카와 나 사이에 아무런 신체 접촉이 없었어요. 손도 잡지 않았어요. 하지만 그녀는 나한테 우리가 돌아갈 뉴욕의 전화번호를 알려줬어요. 그녀는 내가 자리 잡는 걸 도와주겠다고 했어요. 나는 만족스러웠어요. 정말로 마음이 끌리는 여자와 알게 됐다는 게 만족스러웠던 거죠. 나의 새로운 삶이 나를 위해 준비하고 있는 모험들을 생각하니 그보다 더 짜릿할 수가 없었어요.

그런데 그게 뭐예요? 아, 휴대폰이군요! 그렇게 생긴 걸 전에는 본 적이 없어요. 지상에서 잘 안 될 때, 인공위성으로 연락할 수 있는 모델인가 보군요. 전화 안 받으실 건가요? 걱정 마세요, 당신이 하는 얘기를 엿듣지 않으려고 최선을 다할게요. 아, 당신은 문자 보내는 걸 택하시는군요. 아주 현명한 생각이네요. 단어 몇 개면 가끔 충분하고도 남으니까요. 나는 당신이 문자를 보내는 동안 기꺼이 기다릴게요. 드디어 국립예술대학 여학생들이 차를 다 마셨나 보네요. 구석을 돌아 시야에서 사라지기 전에 저들의 모습을 조금 더 볼 수 있겠군요.

3

라호르에 사는 사람들은 봄의 마지막 날들을 소중하게 생각
하죠. 뜨겁긴 하지만 햇볕은 부드럽죠. 아니, 당신이 계속 불편
해하는 걸 보니까 **우리**한테만 부드럽다고 해야 맞겠군요. 내가
이런 말 하는 걸 당신이 개의치 않았으면 좋겠어요. 당신이 시
선을 이곳저곳으로 옮길 때, 당신 머릿속에서 딸각거리는 소리
가 나는 것 같은 느낌이 드네요. 당신이 그렇게 자주 이리저리
쳐다보는 걸 보니, 굴 밖으로 너무 멀리 나가 낯선 환경에서 자
신이 보는 게 약탈자인지 먹잇감인지 확신하지 못하는 짐승의
행동이 생각나네요!

외국인이라서 사람들이 당신을 쳐다본다는 생각은 버려요.
그 대신 그림자가 얼마나 길어졌는지나 보세요. 곧 시장 양쪽
끝에 있는 문들이 닫히고, 아나르칼리 옛 시가지는 보행자들만
다니는 광장으로 바뀔 거예요. 사실, 벌써 시작됐네요. 경찰이
스쿠터를 탄 저 아이들을 체포할까요? 잡을 수 있다면 그러겠

주저하는 근본주의자

죠! 벌써 번개처럼 빠져나가네요. 하지만 그들은 도망가지는 않을 거예요. 당신도 보다시피, 문들이 이제 닫히고 있네요. 문 사이에 틈이 있지만 사람보다 크면 너무 좁아서 통과 못 해요.

당신은 라호르의 신시가지가 보행자들한테는 아주 불편하다는 걸 알게 될 거예요. 공원과 가로수가 심긴 널찍한 길을 보면 시골로부터 우리한테 온 고대의 위계질서를 강요받는 것 같아요. 옛날에는 말을 탄 사람이 보행자보다 위였잖아요. 그런데 우리가 앉아 있는 여기도 그렇고, 우리와 라비 강 사이에 있는 더 오래된 지역들—북적북적하고 미로 같은 이 도시의 심장이죠.—에서도 그렇고, 라호르는 더 **민주적인** 도시죠. 사실, 이곳에서는 내려서 군중의 일부가 돼야 하는 건 네 개의 바퀴를 탄 사람이죠.

맨해튼 같다고요? 네, 정확해요! 바로 그게 내가 뉴욕으로 이사 갔을 때 예기치 않게 고향에 온 것 같은 느낌을 받은 이유 중 하나예요. 하지만 다른 이유들도 물론 있었지요. 택시 기사들이 우르두어를 쓴다는 것도 이유였고, 내가 사는 이스트빌리지 아파트에서 두 블록밖에 떨어지지 않은 곳에 파크펀자브델리라고 불리는, 사모사와 차나를 파는 식당이 있다는 것도 이유였어요. 그리고 퍼레이드 중 5번가를 건너가다가, 사촌 결혼식에서 춤출 때 나왔던 노래를 우연히 듣게 된 것도 이유였어요. 노래는 남아시아 게이·레즈비언 협회 꽃수레 위에 놓인 확성기에서 흘러나오고 있었어요.

지하철을 타면 보통 내 피부는 색상 범위에서 중간쯤에 속했어요. 거리에서는 관광객들이 나한테 길을 물었어요. 나는 사년 반을 살았지만 미국인이었던 적은 없어요. 그러나 나는 **바로** 뉴요커였어요. 뭐라고요? 내 목소리가 커진다고요? 당신 말이 맞아요. 그 도시를 생각하면 감상적이 되곤 해요. 아직도 좋은 감정이 남아 있는 곳이죠. 불과 팔 개월밖에 살지 않고 그곳을 떠난 상황을 고려하면 대단한 거죠.

분명히, 내가 초기에 뉴욕에 대해 흥분했던 것은 상당수, 언더우드샘슨에 대한 흥분과 관련 있었어요. 나는 첫 출근을 한 날 느꼈던 경외감을 아직도 기억해요. 그들의 사무실은 도시 중앙에 있는 건물의 41층과 42층에 있었어요. 라호르에 있는 두 건물을 합한 것보다 더 높았죠. 전에 비행기를 타고 히말라야에 간 적이 있었지만, 나는 그들의 로비에서 바라보이는 **엄청난** 전망, 극적 효과에는 전혀 마음의 준비가 안 되어 있었어요. 나는 그곳이 파키스탄과는 다른 세계라는 것을 깨달았어요. 내 발을 지탱하고 있는 것은 기술적으로 가장 진보한 인류 문명의 성취였어요.

당신네 나라에 사는 동안, 종종 그런 비교를 해 보면서 마음이 산란했어요. 사실, 산란해진 것 이상이었어요. 화가 났어요. 사천 년 전, 인더스 강 분지에 살던 우리 조상들은 격자 모양 도로가 설치되고 지하 하수구를 자랑하는 도시에 살았어요. 그런데 미국을 침략해 식민화했던 그들의 조상들은 무식한 야만인들이었어요. 그런데 지금은 어떤가요. 우리 도시들은 대부분 무계획적이고 비위생적인데, 미국에는 우리나라 교육 예산보다 더 많은 기부금을 받는 대학들이 있어요. 이런 엄청난 차이를 떠올리며 나는 수치스러웠어요.

하지만 그날 그랬다는 건 아니에요. 나는 그날은 나를 파키스탄인이 아니라 언더우드샘슨 신입사원이라고 생각했어요. 인상적인 회사 사무실을 보고 **자부심**을 느꼈어요. 부모와 형한테 보여 주고 싶다는 생각까지 들었어요! 나는 전망을 바라보며 가만히 서 있었어요. 오랫동안 그랬던 건 아니에요. 도착한 직후, 우리 신임 분석가들은 회의실로 들어가 오리엔테이션을 받았어요. 셔먼이라는 부사장—최근에 깎았는지 그의 머리가 반들거렸어요.—이 우리에게 새로운 회사의 정신을 제시하더군요.

그가 말했어요. "우리는 능력주의입니다. 우리는 최고를 믿습니다. 여러분은 최고 대학의 최고 지원자들이었습니다. 그래서 여러분은 여기에 있는 것입니다. 하지만 능력주의는 채용에서 끝나는 게 아닙니다. 우리는 육 개월마다 여러분의 등수를 매길 것입니다. 여러분은 여러분의 등수를 알게 될 것입니다. 여러분의 보너스와 직원 배당은 그 등수에 달렸습니다. 잘하면 보상을 받을 것입니다. 못 하면 나가게 될 것입니다. 그렇게 간단합니다. 수습 기간이 끝날 때, 여러분은 첫 번째 등수를 받게 될 것입니다."

정말 간단했죠. 나는 동료 사원들이 어떻게 반응하는지 보려고 주위를 둘러봤어요. 나를 제외하고 다섯이었어요. 네 명은 굳은 자세로 경청하고 있었고, 웨인라이트라 불리는 다섯 번째 친구는 더 편안하게 있었어요. 웨인라이트는 「톱 건」에 나오는

발 킬머를 생각나게 하는 스타일로 두 손가락 사이에 펜을 끼고 돌리며 나를 향해 몸을 기울이고 속삭였어요. "2등 하면 소용없는 거야, 매버릭." 나는 해군 조종사의 느린 말투를 흉내 내어 말했어요. "위험해, 아이스 맨." 그리고 우리 두 사람은 서로를 보고 씩 웃었어요.

그러나 그처럼 가벼운 농담을 제외하고는 작업장에는 재미있거나 놀 만한 게 거의 없었어요. 이후 사 주 동안, 우리는 판에 박힌 일상을 살았어요. 아침에는 세 시간짜리 세미나를 했어요. 경영학 대학원 일 년 과정을 압축하려고 시도한 일련의 모듈 중 하나였던 거죠. 유명 대학 교수들이 강의를 했죠. 예를 들어 와튼 스쿨의 여자 교수가 우리에게 재정학을 강의했어요. 우리가 치른 시험 결과는 주도면밀하게 기록됐어요.

점심은 카페테리아에서 먹었죠. 말린 토마토에 페스토 소스를 곁들인 닭고기를 먹으며 우리는 절박해 보이는 선배들의 모습을 지켜봤어요. 점심이 끝나면 워크숍에 참석해 파워포인트, 엑셀, 액세스 같은 컴퓨터 프로그램을 익혔죠. 우리는 사서처럼 보이는, 말씨가 부드러운 강사 주변에 반원형으로 앉아서 수업을 받았죠. 웨인라이트는 그걸 두고 "마이크로소프트 가족 시간"이라고 빈정거렸죠.

마침내 어느 늦은 오후, 우리는 셔먼이 "소프트 스킬 트레이닝"이라고 지칭한 것을 위해 세 명씩 두 조로 나뉘었어요. 그 교육에는 화가 난 의뢰인이나 비협조적인 회계 책임자를 다루는 방법처럼 실무에 유익한 교육이 포함되어 있었죠. 우리는 다른 사람이 생각하는 방식을 알아보고, 그들의 의제를 이용하고, 우리가 원하는 결과를 얻기 위해 일의 방향을 수정하는 방법을 배웠어요. 어떻게 보면 사업을 위한 정신적인 유도(柔道)라고 말할 수 있을 것 같아요.

당신은 우리 훈련의 철저함에 깊은 인상을 받는 것 같군요. 나도 그랬어요. 당신네 나라가 그렇게 많은 분야에서 성공한 건 그처럼 체계적인 실용주의─**프로페셔널리즘**이라고 할 수도 있겠네요.─의 밑바탕이 있기 때문이죠. 프린스턴에서는 배우는 분위기에 창의력이 스며 있었죠. 언더우드샘슨에서도 창의력이 제거되지는 않았죠. 여전히 존재하고 존중받았으니까요. 하지만 창의력은 **효율성**에 우선권을 내줘야 했어요. 최대한의 이익이라는 것이 우리가 거듭 되돌아간 좌우명이었어요. 우리는 우선순위를 매기고 어떤 것을 밀고 나가는 게 가장 이익일지 그 축을 결정하는 걸 배우고, 그 목적을 달성하는 데 전적으로 매달렸어요.

그런데 이런 내 생각들이 어쩌면 다소 무미건조하게 들릴지 모르겠군요! 내가 고차원적인 재정 영역에 들어가게 된 걸 즐기지 않았다는 걸 암시하려는 게 아니에요. 반대로, 나는 즐겼어요. 권력을 가진 것 같았어요. 게다가 새로운 가능성에 대한 모든 방식들이 나한테 열리고 있었어요. 예를 하나 들죠. 비용 계정이 그랬어요. 신용 카드를 발급해 주고 형식적으로 일과 관련된 식사나 대접은 어느 것이든 비용 처리를 해 주겠다고 하는 게 얼마나 신나는 일인지 아세요? 미안해요. 물론 당신도 알겠

지요. 당신도 결국 업무차 여기에 왔을 테니까요. 하지만 스물
다섯 살이었던 내게 그런 경험은 놀라웠어요. 내가 원하면 일이
끝나고 동료들을 술집에 데리고 가서 술을 마실 수도 있었어요.
그건 '신입사원 수양'이라는 항목으로 분류되었죠. 나는 내 아
버지가 하루에 버는 것보다 더 많은 돈을 한 시간 안에 그냥 쓸
수 있었어요.

　당신도 상상할 수 있겠지만, 우리 신입사원들은 정기적으로
서로를 알게 되는 기회를 가지게 되었죠. 우리가 처음으로 그렇
게 했던 때가 생각나는군요. 44번가 로열튼에 있는 술집에 갔었
죠. 그때는 셔먼이 우리와 같이 갔어요. 그는 우리 입사를 축하
해 주기 위해 빈티지 샴페인을 주문했어요. 모두가 건배를 하려
고 잔을 들었을 때, 나는 주변을 둘러봤어요. 다섯 동료 중 둘은
여자였어요. 그리고 웨인라이트와 나만 백인이 아니었어요. 우
리는 놀랍게도 다양했어요……. 그런데 그렇지 않기도 했고요.
셔먼을 포함해 우리 모두는 하버드, 프린스턴, 스탠퍼드, 예일
같은 엘리트 대학을 나왔고, 모두에게는 자신만만한 자기만족
감이 배어 있었어요. 그리고 우리 중 아무도 키가 작거나 뚱뚱
하지 않았어요.

　그때 문득 이런 생각이 들었어요. 아니, **지금도** 마찬가지네요.
머리를 깎고 전투복을 입혀 놓으면, 우리가 서로 구분이 안 될
것 같더라고요. 웨인라이트도 같은 생각을 했던 것 같아요. 그
는 나한테 윙크를 하며, 결과적으로 앞을 내다보는 말을 했어요.
"이봐, 스카이워커, 어두운 쪽을 조심해." 유명한 영화의 대사

주저하는 근본주의자

를 인용하는 게 그의 취미였죠. 우리 어머니가 파이즈, 갈리브의 시들을 인용했던 것처럼 말이죠. 하지만 웨인라이트는 「스타워즈」에 나오는 대사를 대부분 농담 삼아 했던 것 같아요. 그도 그 후로 곧 나처럼, 아니 모든 사람들처럼, 술을 엄청 마셔 댔으니까요.

셔먼은 샴페인을 다 마시자 떠났어요. 그래도 그는 우리에게 양껏 마시라고 하고 언더우드샘슨 앞으로 계산서를 발행하라고 했어요. 우리는 그렇게 했죠. 우리는 자정쯤 비틀거리며 밖으로 나왔어요. 웨인라이트와 나는 같이 택시를 타고 시내로 갔어요. 그가 말했어요. "어이, 친구, 크리켓 봐?" 나는 그에게 무슨 말이냐고 물었어요. "우리 아버지는 크리켓에 미쳤거든. 바베이도스 출신이라." 그는 그 후부터는 카리브해 특유의 말투로 말했어요. "서인도제도 대 파키스탄 경기가 내가 본 것 중 최고였지." 나는 웃었어요. "1980년대였을 거야. 지금은 양쪽 다 그렇게 잘하진 못해."

우리 둘은 배가 고팠어요. 나는 파크펀자브델리에 들르자고 제안했어요. 카운터를 보는 남자가 나를 알아보더군요. 그날 아침, 내가 첫 출근을 한다고 하니까 공짜로 식사를 하게 해 준 사람이었어요. 그는 팔을 벌리고 환영하는 몸짓으로 말했어요. "어서 와요, 내 친구." 나는 고개를 숙이며 말했어요. "집에는 안 가세요?" 그가 말했어요. "아직 충분하지 않아서요." 나는 신용 카드를 꺼내 앞으로 몸을 기울이며 술에 취한 소리로 음모를 꾸미듯 말했어요. "이번에는 돈을 내야겠어요. 비용 계정이 있거든요." 그는 고개를 저으며 미안하지만 돈이 없으면 언제라도 나중에 주면 되지만 아메리칸 익스프레스는 받지 않는다고 말했어요. 거기에 있던 지친 택시 기사들이 재미있어라 하더군요.

우리가 우르두어로 말하고 있었지만, 웨인라이트는 알아듣는 것 같았어요. 그가 말했어요. "나한테 현금이 있어. 이건 맛있어 보이네." 나는 그가 그렇게 생각하는 게 기분 좋았어요. 당신도 여기에 있으면서 알아차렸겠지만, 우리 라호르 사람들은 우리 음식에 대한 자부심이 대단하죠. 게다가 누군가에게 식사를 대접하는 건 우정의 표시죠. 그렇게 해서 서로에게 너그러운 관계로 발전하니까요. 나는 십오 분쯤 지나서, 웨인라이트가 접시에 있는 마지막 조각을 다 먹고 손가락을 빠는 모습을 보고, 마음 맞는 사람이 사무실에 있다는 걸 알게 되었어요.

그런데 당신은 왜 주춤하는 거죠? 아, 이 거지는 특히 운이 안 좋은 친구예요. 저렇게 흉한 모습을 보면 얼마나 사고가 **많았을까** 궁금해질 뿐이죠. 그가 가까이 오는 건 당신이 외국인이기 때문이에요. 그 사람한테 뭔가 주시겠어요? 싫다고요? 아주 현명하시군요. 거지를 부추겨서는 안 되죠. 그래요, 당신 말이 맞아요, 그보다는 오히려 가난의 원인을 중점적으로 다루는 자선단체에 기부를 하는 게 훨씬 낫죠. 저 친구는 가난의 한 증상일 뿐이니까요. 내가 뭘 하는 거느냐고요? 루피를 몇 푼 주는 것뿐이에요. 물론 방향이 잘못됐죠. 습관이에요. 저 친구가 우리를 위해 기도하네요. 이제 가는군요.

주저하는 근본주의자

웨인라이트에 관해 얘기하고 있었죠. 이후 몇 주에 걸쳐, 그가 우리 중 수석을 차지할 좋은 위치에 있다는 게 분명해졌어요. 분석가 훈련을 받는 우리 모두는 기질적으로 경쟁적이었어요. 우리는 언더우드샘슨이 참작해 줄 만한 등급을 확보해야 했어요. 그런데 웨인라이트는 눈에 띄게 그러진 않았어요. 그는 온순했고, 또 상관없다는 태도였어요. 그래서 거의 모두가 그를 좋아했죠. 하지만 그 친구에게도 아주 재능이 많다는 게 내게는 분명해 보였어요. 그의 발표는 아주 명료했어요. 그는 대인 관계 실습에서 뛰어났어요. 그에겐 무엇이 가장 중요한지 알아내는 본능이 있었어요.

나도 무리 중 두드러졌지요. 이렇게 말한다고, 내가 건방지다고 생각하지 않기를 바라요. 축구를 하던 시절부터 내겐 어떤 통제된 공격성이 있었죠. 호전성이 아니라 결의 말이죠. 나는 성공하고 싶은 욕구에 그걸 이용했어요. 어떻게 했느냐고요? 열심히 일했죠. 다른 누구보다 더 열심히 했을 거예요. 밤에는 몇 시간밖에 안 잤어요. 그리고 모든 수업을 대단히 집중해서 들었죠. 선생들은 내 끈기에 대해 자주 얘기하고 칭찬했어요. 게다가 타고나길 예의와 경우가 발라서 동료들과 친해지는 데에는 이따금 방해가 되었지만 하는 일에는 완벽하게 맞았죠.

틀에 박힌 예의범절이 내 상사들한테 그렇게 호소력을 띠는 이유가 뭔지 나중에는 궁금하더라고요. 어쩌면 내 말투 때문이었는지 몰라요. 파키스탄처럼 미국도 결국 영국의 식민지였잖아요. 영국식 억양이 당신네 나라에서는 아직도 부와 권력과 관련 있다고 생각될지 모른다는 생각이 들더군요. 우리나라에서 그런 것처럼 말이죠. 아니면 위계질서가 뚜렷한 환경에서 정중하면서도 자존심을 지키며 행동하는 내 능력 때문이었는지도 모르죠. 파키스탄 젊은이들과 다르게, 미국 젊은이들은 그런 것에 훈련이 안 된 것 같아요. 이유가 뭐였든, 나는 나의 이국적인 특성이 나한테 장점으로 작용한다는 걸 알았어요. 그리고 나는 최대한 그 장점을 활용하려고 했어요.

웨인라이트와 나 자신에 대한 나의 높은 평가는 우리 수습사원들이 셋씩 두 조를 이뤄 연례행사인 하계 파티에 갈 때 드러났어요. 내가 있던 조는 우리를 고용했던 전무이사인 짐과 함께 리무진을 타고 갔어요. 다른 조는 부회장으로 언더우드샘슨 체계에서는 짐보다 아랫사람이었던 셔먼과 같이 갔어요. 우리 회사에서는 우연히 일어나는 일이란 없었기에 우리 모두는 그것이 하나의 신호라는 걸 알았죠.

우리가 탄 리무진에는 짐이 관리하는 다른 한 팀의 부회장과 동료들이 타고 있었어요. 모든 사람이 얘기를 하기 시작하더군요. 짐과 나를 제외한 모두가 말이죠. 짐은 대화를 말없이 지켜보더군요. 그리고 내가 있는 쪽을 바라봤어요. 나는 내가 그를 지켜보고 있다는 걸 들키지 않으려고 눈길을 돌려야 했어요. 하지만 그는 찬찬히 뚫어지게 나를 계속 바라보다가 결국 이렇게 말하더군요. "주의 깊은 친구군. 그게 어디서 오는 건지 알고 있나?" 나는 고개를 저었어요. "자신이 어울리지 않는다는 느낌에서 나오는 거야. 내 말 믿게. 나는 아니까."

파티는 햄프턴스에 있는 짐의 집에서 열렸어요. 『위대한 개츠비』를 떠올리게 하는, 해변 옆의 굉장한 집이었어요. 모래 언덕 뒤 능선에 있더군요. 수영장과 테니스 코트까지 있고, 잔디밭 한쪽 끝에는 술을 마시고 춤을 출 수 있는, 옆이 트인 흰 별관도 있더군요. 우리가 도착하자 밴드가 음악을 연주했어요. 스테이크와 가재 요리가 그릴 위에서 익는 냄새가 나더군요. 웨인라이트는 아주 자연스러워 보였어요. 그는 동료의 팔을 잡고 음악에 맞춰 춤을 췄어요. 우리는 칵테일을 손에 들고 옆에서 그 모습을 바라보았죠.

잠시 후 나는 바람을 쐬려고 밖으로 나왔어요. 해가 떨어졌더군요. 구불구불한 해안선을 따라 서 있는 다른 집들의 불빛이 반짝이는 게 멀리 보였어요. 파도가 밀려오며 소리를 냈어요. 그러자 얼마 전에 그리스에 갔던 기억이 떠오르더군요. 전에는 바다가 나와는 멀리 있는 것 같았어요. 사치스럽고 모험으로 가득한 곳인 듯 말이죠. 그런데 지금은 거의 내 삶의 일상적인 부분이 되어 가고 있었어요. 라호르를 떠난 지 사 년인데, 그 사이에 참으로 많이 변했구나 싶더군요!

내 뒤에서 목소리가 들렸어요. "내가 처음으로 언더우드샘슨 여름 파티에 참석했을 때가 떠오르네." 돌아보니 짐이었어요. 그가 말을 이었어요. "이처럼 눈부신 저녁이었어. 음악이 연주되고 고기가 불에 익고 말이지. 그런데 무슨 이유에선지 프린스턴 시절이 생각나더군. 내가 그곳에 갔을 때 어떤 느낌이었는지 말이야. 언젠가 햄프턴스에 내 집을 갖는 것도 괜찮겠다 생각했지." 나는 미소를 지었어요. 짐은 다른 사람들이 무슨 생각을 하는지 아는 사람 같았어요. 내가 말했죠. "무슨 말씀 하시는지 알아요." 짐은 한동안 물 위를 쳐다보았어요. 그렇게 우리는 말없이 서 있었어요. 그러다가 그가 말했어요. "배고픈가?" 나는 그렇다고 말했죠. "좋아." 그가 마음에 든다는 듯 말했어요. 그리고 내 양어깨를 손날로 치고(이상하면서 의도적인 동작이었죠.) 나를 안으로 데리고 들어갔어요.

나는 저녁 내내 에리카도 거기에 있었으면 싶었어요. 당신은 그녀가 어떻게 됐는지 궁금했다고요? 아뇨, 잊었던 게 아니에요. 그녀는 뉴욕에서 내 삶의 한 부분이었어요. 곧 그녀에 관한 얘기로 넘어갈게요. 하지만 나는 짐의 집이 그렇게 화려하니까, **그녀**도 감동받을지 모른다고 생각했다는 얘기를 하고 싶었을 뿐이에요. 나중에 이해하겠지만, 많은 걸 내포하는 얘기예요.

일주일 후, 분석가 훈련 프로그램이 끝났어요. 짐이 우리를 하나씩 사무실로 부르더군요. 그는 내게 물었어요. "자신이 어떻게 했다고 생각하나?" "상당히 잘했다고 생각합니다." 나는 이렇게 대답했어요. 그가 웃더군요. "상당히 잘한 것보다 더 잘했어. 자네 반에서 일 등이야. 강사들 말로는 자네에겐 전사 같은 기질이 있다고 하더군. 그걸 부끄러워하지 말고 가꿔 봐. 그 기질은 자네를 멀리까지 데려다줄 수 있어." 나는 몹시 기뻤어요. 하지만 뭐라고 해야 할지 모르겠더군요. 짐이 말을 이었어요. "프로젝트가 있어. 음악 비즈니스야. 필리핀. 합류하고 싶은가?" 나는 말했어요. "물론입니다. 감사합니다."

주저하는 근본주의자

짐의 사무실에서 나오자, 웨인라이트가 나를 기다리고 있었어요. 그가 미소를 지으며 말했어요. "이번에는 내가 이 등이야. 네가 일 등할 거라고 예상했는데. 네 얼굴이 환한 걸 보니, 그 예상이 맞은 것 같군." 내가 대답했어요. "운이 좋아서 그래." 그가 내 어깨에 팔을 두르며 말했어요. "그렇게 운이 좋은 건 아니지. 나한테 한잔 사야 할 테니까 말이야."

맞아요, 나는 그 순간 행복했어요. 뭔가를 이뤄 냈다는 뿌듯한 느낌이 들더군요. 아무런 걱정도 없었어요. 나는 뉴욕에 발을 디딘 젊은 뉴요커였어요. 변화라는 게 얼마나 빠른지! 우리 주변의 시장이 그랬던 것처럼, 내 세계는 변하고 있었어요. 저것 보세요, 사람들이 탁자를 얼마나 빠르게 거리로 내놓았는지 보세요. 조금 전까지만 해도 차들이 소리를 내며 굴러가던 곳을 사람들이 걸어다니기 시작했어요. 저 모습을 보면, 아나르칼리 옛 시가지가 시간과 상관없이 늘 이랬다고 생각할지도 모르죠. 하지만 여기에 한동안 앉아 있던 우리는 그게 아니라는 걸 알잖아요? 그래요, 우리는 주변에 일어난 최근 역사에 어느 정도 익숙해졌어요. 내 생각에 그것은 현재에 대해 훨씬 좋은 시각을 제공해 주죠.

4

당신은 내 팔뚝에 난 이 상처를 눈여겨보는군요. 여기 피부가 주변보다 더 거무튀튀하고 매끈하죠. 마찰 화상처럼 보인다는 말들을 하더군요. 더 활동적인 내 친구들은 암벽 하강이나 등반을 하는 사람들의 몸에 난 자국과 다르지 않다고 해요. 어쩌면 **당신도** 그런 생각을 하고 있을지 모르겠네요. 당신이 심각한 표정을 하니까 하는 말이에요. 나처럼 평지에 사는 친구가 어떤 트레이닝 캠프에 가서 뭘 했기에 이런 상처가 생겼는지 궁금해 하는 것처럼 말이죠.

하지만 이렇게 다친 일에 관한 얘긴 다소 지루하답니다. 당신네 나라가 풍요로워서 당신은 잘 모르겠지만, 이 나라에는 이상한 게 있어요. 특히 겨울에 큰 저수지들이 거의 말라붙으면 문제가 생기죠. 전기가 부족해지고 교대로 정전이 되죠. 우리는 그걸 부하 차단이라고 해요. 우리는 일상생활을 심하게 방해받지 않으려고 집에 양초를 잔뜩 준비해 놓죠. 어렸을 때 부하 차

단이 되던 날, 양초 하나를 잡다가 넘어뜨린 적이 있었어요. 촛
농이 내 몸에 흘렀어요. 미국 같으면 그런 상황에서는, 용해점
이 너무 높고 안전하지 못한 밀초를 사용했다는 이유로 제조업
자한테 소송을 걸어 질질 끌었을지도 모르죠. 그런데 여기에서
는 저녁에 시끄럽게 한바탕 울다가 당신이 보다시피 이상하게
길지만 다소 희미한 상처를 남기는 것으로 끝났죠.

아, 시장 위 하늘에 호를 그리는 장식용 불이 켜지기 시작하
네요! 약간 번지르르하다고요? 그래요, 당신 말이 맞아요. 나라
면 덜 화려한 것을 택했을지 몰라요. 여하튼 우리 주변 사람들
얼굴에 떠오른 미소를 보세요. 햇빛이 희미해지기 시작하면, 인
간이 만든 불빛이 얼마나 **극적인지** 참 놀라워요. 그리고 그 빛이
이처럼 크고 밝은 도시에서, 더구나 21세기 초입에 우리에게 감
정적으로 영향을 미칠 수 있다는 사실도 놀랍고요. 세인트 패트
릭스 날에 초록색 불을 밝히거나 프랭크 시나트라가 죽은 날 저
녁에 창백한 푸른색 불을 밝힌 엠파이어스테이트 빌딩의 아름
다움을 생각해 보세요. 뉴욕의 밤은 세계에서 가장 어마어마한
광경일 게 틀림없어요.

내가 뉴욕에 막 정착했을 때 밤이면 맨해튼을 돌아다녔던 게
생각나는군요. 에리카를 안내인 삼아 종종 그랬죠. 그녀는 우리
가 그리스에서 돌아온 직후 나를 저녁 식사에 초대했어요. 나는
뭘 입을지 고민하며 오후를 보냈죠. 나는 그녀의 집안이 부유하
다는 건 알고 있었어요. 나는 그들이 어떻게 옷을 입을지 상상
해 보며 그들처럼 입고 싶었어요. 우아하면서도 가볍게 말이죠.

양복은 너무 딱딱할 것 같았어요. 블레이저가 더 괜찮을 듯싶었지만, 오래돼서 다소 초라해 보였어요. 결국 나는 전통 옷에 대해서는 예의에 예외를 두는 규칙을 이용하기로 하고, 청바지 위에 목깃 없고 헐렁한 풀 먹인 흰 쿠르타를 입었어요.

내가 지하철에서 이런 복장을 하고도 아주 편안하게 느꼈다는 것은 당시 뉴욕의 **코즈모폴리턴적인** 성격—남용되는 표현이죠.—과 개방성의 증거였어요. 사실, 유혹하는 듯한 공손한 미소를 보낸 게이 신사를 제외하면, 아무도 나한테 별 관심을 보이지 않았어요. 나는 6호선을 타고 어퍼이스트사이드의 중심 77번가에서 내렸어요. 그곳에 가 본 적은 없었지만, 그 지역—매력적인 술집들, 상류층을 상대하는 가게들, 짧은 스커트를 입고 작은 개들을 데리고 다니는 매력적인 여자들—이 놀랍게도 친숙하게 느껴졌어요. 나중에 알고 보니, 내가 그렇게 친숙하게 느꼈던 건 그 지역을 배경으로 하는 많은 영화들 때문이었더군요.

에리카의 가족은 나이 든 수위가 지키고 청색 캐노피가 달린 거창한 건물에 살았어요. 수위는 차갑고 못마땅한 표정이었어요. 라호르에서 내가 녹슨 작은 차를 타고 간다면, 더 큰 저택의 수위가 지을 법한 표정과 다르지 않았어요. 당연히 나도 똑같이 차갑고 다소 오만한 어조—내가 화가 났으며, 그렇게 말하는 건 품위가 떨어지는 짓이라는 의미를 전달하기 위해 주도면밀하게 조정한 어조였죠.—로 내가 온 용건을 설명했죠. 그랬더니 예상했던 효과가 나타나더군요. 그는 바로 전화를 걸어 나를 들

주저하는 근본주의자

여보낼지 묻고, 통과시키라는 말을 듣자 직접 나를 엘리베이터까지 데려다주더군요. 그는 나한테 펜트하우스*의 초인종을 누르라고 하더군요. 그런데 펜트하우스라는 말을 듣자, 사치와 더불어, 솔직히 고백하자면 포르노 잡지가 떠오르더군요. 나는 기대를 많이 하며 에리카의 아파트 문에 도착했어요. 내가 두드리기도 전에 문이 열리더군요.

에리카는 미소로 나를 맞았어요. 햇볕에 탄 그녀의 피부가 건강미를 발산하는 것 같았어요. 나는 그녀가 얼마나 아름다운지 잊고 있었어요. 그 순간, 좁은 입구에 그녀와 너무 가깝게 있게 되자 나는 눈을 내리깔아야 했어요. 그녀가 손가락 끝으로 내가 입은 쿠르타에 달린 장식을 만지며 말했어요. "와, 멋져요." 나는 그녀도 멋지다고 말했어요. 짧은 마이티마우스 티셔츠를 입은 그녀가 나와는 다르게 옷에 별 신경을 쓰지 않은 것처럼 보였지만, 멋진 건 사실이었어요. 그녀는 나한테 보여 주고 싶은 게 있다고 했어요. 나는 그녀를 따라 그녀 방으로 갔어요. 그 방의 크기는 대략, 내가 사는 원룸의 두 배였어요. 방에는 대학 교재들을 담은 상자들, 컴퓨터와 레이저 프린터가 놓인 책상, 옷으로 뒤덮인 큰 침대, 천장에 체인으로 매달린 샌드백 등이 있었어요. 사람이 계속 살아온 것 같은 방이었어요. 한 사람의 인생 전체가 담긴 방이랄까요.

나는 이상한 느낌을 받았어요. 마음이 편안하더라고요. 어쩌면 내가 얼마 전까지 기숙사 방을 전전하며 불안정하게 살았기

* 고급 주택.

에 과거의 안정된 분위기를 원하고 있었기 때문인지도 모르죠. 내 가족과 편안한 집이 그리워서 그랬는지도 모르고요. 우리 집은 여러 세대의 사람들이 함께 살았죠. 나이별로 따로따로 사는 아파트와는 다른 거죠. 혹은 어퍼이스트사이드에 있는 유명 아파트의 널찍한 방이, 내가 자랐던 굴베르그 유명 저택의 널찍한 방과 미국식 용어로 사회경제적인 등가물이어서 그랬는지도 모르죠. 이유가 무엇이든, 나는 그 방을 보고 미소를 지었어요. 에리카는 내가 미소 짓는 걸 보고 자기도 미소를 짓더군요. 그녀는 작은 갈색 꾸러미를 들고 있었어요.

그녀가 엄숙하게 말했어요. "다 됐어요." 나는 그녀가 더 말하기를 기다렸어요. 그녀가 더 이상 말을 하지 않자 내가 물었어요. "뭐가요?" "내 원고 말이에요. 내일 에이전트한테 보내려고 해요." 나는 원고를 두 손으로 공손하게 받았어요. 나는 내 손바닥에 반듯이 놓인 원고를 보며 말했어요. "축하해요." 그런데 무게가 다소 가벼운 걸 보고 덧붙였어요. "이게 전부인가요?" 그녀가 고개를 끄덕였어요. "장편이라기보다 중편에 더 가까워요. 생각이 반향할 여지를 주는 건 중편 소설이니까요." 나는 꾸러미를 뒤집어 포장을 살폈어요. 테이프로 봉해졌고 구석에 눌린 자국이 있더군요. 나는 그녀에게 물었어요. "초조해요?" "초조하다기보다는 불안해요. 내가 꼭 조개 같아요. 날카로운 작은 조각을 오랫동안 내 안에 간직하고 있다가, 더 편안하게 만들려고 노력했죠. 그래서 천천히 그 조각을 진주로 만들었어요. 이제, 그것이 나오려고 해요. 그런데 나는 그게 나오면,

주저하는 근본주의자

뒤에 틈이 남을 거라는 걸 알아요. 그것이 있던 자리에 틈이 남 겠죠. 그래서 나는 그 조각을 좀 더 붙들고 있고 싶어요." 나는 원고를 그녀에게 돌려주며 물었어요. "그러면 되잖아요." 그녀 가 다시 미소를 지으며 말했어요. "이미 그랬어요. 우리가 그리 스에 가기 전부터 이 봉투 속에 있었으니까요."

　나는 그녀가 이런 식으로 나한테 속마음을 털어놓는다는 사 실이 영광스럽고 기뻤어요. 나는 그녀의 눈을 쳐다보았어요. 나 는 처음으로 그 뒤에 뭔가 **부서진** 것이 있는 걸 보았어요. 확대 경을 통해 봐야 보이는 다이아몬드의 작은 금처럼 말이죠. 보통 때는 보석의 휘황찬란함에 가려져 있죠. 나는 그것이 무엇인지, 무엇이 그녀로 하여금 그녀가 얘기했던 보석을 만들게 했는지 알고 싶었어요. 하지만 그런 걸 물어보는 건 주제넘은 짓이라고 생각했어요. 그런 것들은 상대가 시간과 대상을 골라 스스로 밝 히는 법이니까요. 그래서 나는 그녀를 이해하고 싶은 내 마음을 표정을 통해서 전달할 수밖에 없었어요. 나는 더 이상 아무 말 도 하지 않았어요.

　우리가 그녀의 방을 나설 때, 나는 벽에 붙어 있는 스케치를 보았어요. 험악한 하늘 아래로 활주로와 가파른 화산이 보이는 열대 섬을 그린 것이었어요. 칼데라에는 호수가 있었는데, 그 안에 더 작은 또 다른 섬—섬 속의 섬—이 있었어요. 놀라울 정 도로 아늑하고 고요한 모습이었어요. 내가 물었어요. "이건 뭐 예요?" "우리가 여덟 살인가 아홉 살이었을 때, 크리스가 그린 거예요. 그가 갖고 있던 『714 비행』이라는 만화에서 영감을 받은 거예요." "아름답군요." 그녀가 고개를 끄덕였어요. "그래요. 아름답죠. 그의 아버지가 그의 물건을 치우다가 저한테 준 거예요." 나는 연필로 세밀하게 그린 스케치에 매혹되어 잠시 더 바라보았어요. 스타일이나 대상은 물론 달랐지만, 그 세밀함을 보면서 나는 우리의 세밀화를 떠올렸어요. 저 모서리를 돌아 라호르 박물관이나 국립예술대학으로 가다 보면 볼 수 있는 세밀화 말이죠.

에리카는 옥상 테라스—맨해튼이 통째로 화려하게 내려다보이는 사적인 공간—로 나를 데려가더니 부모에게 소개했어요. 그녀의 어머니는 탁구대에 앉아 있었어요. 네 명이 식사할 수 있게 탁구대를 바꿔 놓았더군요. 그녀가 내 손을 잡고 "안녕하세요."라고 말하더니, 여전히 내 손을 잡은 채 에리카에게 잘했다는 듯 말했어요. "아주 좋아." 에리카가 대꾸하더군요. "엄마, 똑바로 하세요." 그녀의 아버지는 그릴에 서서 햄버거를 접시에 담고 있었어요. 그의 태도로 보아 사업계 거물이라는 게 분명했어요. 우리가 자리에 앉자, 그가 레드 와인을 들고 내게 말했어요. "술 마시나요?" 에리카의 어머니가 나를 대신해 말했어요. "스물두 살이잖아요." **당연히 술을 마신다**는 걸 암시하는 말투였어요. 에리카의 아버지가 말했어요. "우리 직원 중 파키스탄인이 있었는데, 술을 전혀 안 마시더라고." 나는 그에게 분명히 말했어요. "저는 마십니다. 감사합니다."

당신은 내 얘길 듣고 당혹해하는 것 같군요. 물론 이번이 처음은 아니지만 말이죠. 당신이 내 수염의 의미를 잘못 해석하고

주저하는 근본주의자

있는지도 모르겠군요. 여하튼 분명히 해 둘 것은 내가 뉴욕에
갔을 때는 수염을 기르지 않았다는 거예요. 솔직히 파키스탄인
들 상당수가 술을 마신답니다. 우리나라에서 술이 불법인 것은
대충, 당신네 나라에서 마리화나가 불법인 것과 똑같은 효과라
고 보면 돼요. 더욱이 술을 마시는 사람들이 모두 나처럼 서양
에서 교육받은 도시 사람들은 아니에요. 신문에는 저질 밀조주
를 마시고 죽거나 실명하는 시골 사람들에 관한 기사가 이따금
실리죠. 사실, 우리 시나 민요를 보면, **술에 취하는 게** 사랑과 영
적인 계몽을 도와주는 역할을 한다고 거듭 나와요. 뭐라고요?
죄가 아니냐고요? 맞아요, 죄죠. 그 점에서 보자면, 이웃의 아내
를 탐내는 것도 죄죠. 당신은 웃는군요. 그렇다면 우리는 서로
를 이해하는 거네요.

그런데 내 얘기가 본론에서 벗어나 버렸군요. 여하튼 내가 당
신에게 에리카의 가족과 처음으로 식사했던 얘기를 하고 있었
죠. 그날도 오늘처럼 따뜻한 저녁이었어요. 뉴욕의 여름은 라호
르의 봄과 비슷하거든요. 그날은 산들바람이 불었어요. 지금처
럼 말이죠. 고기 굽는 냄새가 바람에 실려 왔어요. 저녁을 준비
하기 시작하는 이 시장의 많은 노점들에서 풍기는 냄새와 다르
지 않았죠. 식사는 훌륭했어요. 와인은 맛있었고, 버거는 촉촉
해서 좋았고, 우리의 대화는 대부분 즐거웠어요. 에리카는 내가
거기에 있어 행복한 것 같았어요. 그녀가 행복해하자 나도 덩달
아 행복했어요.

그런데 얘기 도중에 화가 났던 게 떠오르는군요. 에리카의 아

버지가 나한테 우리나라 상황이 어떠냐고 묻더군요. 그래서 나는 상당히 괜찮은 편이라며 관심을 가져 주셔서 고맙다고 말했어요. 그랬더니 그가 이렇게 말하더군요. "경제가 나빠지는 건 아닌가요? 부패에 독재까지 겹치고, 다른 사람들은 고통당하는데 부자들은 왕자들처럼 살잖아요. 실속 있는 사람들이죠. 내 말 오해하지 말아요. 나는 파키스탄인들을 좋아해요. 하지만 엘리트 계층이 그곳을 제대로 능욕한 건 사실 아닌가요? 그리고 근본주의도 그렇고요. 당신네들은 근본주의 때문에 심각한 문제를 겪잖아요."

화가 나더군요. 그가 말한 것 중에 특별히 반대할 만한 얘긴 없었어요. 사실, 그도 어느 정도 알고 그렇게 요약한 것이었으니까요. 내가 그 당시 읽기 시작했던 《월스트리트 저널》 1면에 나오는 단신 뉴스와 흡사한 요약이었으니까요. 하지만 나는 그의 어조가 거슬렸어요. 전형적인 미국식 우월감이 깔린 어조 말이죠. 이렇게 표현하는 걸 용서해 주세요. "네, 난제들이 있긴 하죠. 하지만 제 가족이 거기에 살고 있습니다. 그러니 생각만큼 나쁜 상태가 아니라는 건 말씀드릴 수 있습니다." 예의상 그 정도까지만 얘기했죠.

다행히 남은 식사 시간은 문제없이 지나갔어요. 나중에 에리카와 나는 같이 택시를 타고 첼시까지 갔어요. 그녀는 어떤 현대미술관 주인 딸인 친구의 오프닝 파티에 초대받아 가는 거라고 했어요. 그런데 택시 기사가 휴대폰으로 전화를 하는데 펀자브어를 사용하더라고요. 나는 그의 억양을 듣고 그가 파키스탄

인이라는 걸 알았어요. 보통 같으면 아는 체를 했겠지만, 그날
은 그렇게 하지 않았어요. 에리카가 호기심이 가득한 눈으로 나
를 쳐다보고 있었어요. 결국 그녀가 이렇게 말했어요. "우리 아
버지 말 때문에 아직도 화난 건 아니죠?" 내가 대답했죠. "화났
다고요? 당연히 아니죠. 전혀." 그녀가 웃더라고요. "거짓말을
참 못 하네요. 당신은 당신 나라에 대해서는 민감하잖아요. 얼
굴에 그렇게 쓰여 있어요." 내가 말했어요. "그렇다면 사과할게
요. 무례하게 굴 자격이 없었는데 말이죠." 그녀가 미소를 지으
며 말했어요. "당신은 결코 무례하지 않아요. 나는 이따금 예민
한 것이 좋다고 생각해요. 관심이 있다는 말이니까요."

우리는 웨스트 24번가에서 내렸어요. 나는 우겨서 택시비를
냈죠. 에리카는 내 손을 끌고 별 특징 없는 건물로 들어갔어요.
낡은 건물이었어요. 들어가자 음악 소리가 들렸어요. 계단을 올
라갈수록 음악 소리가 더 커지더군요. 여러 층에 걸친 계단을
올라 마침내 방화문을 열었어요. 음악 소리가 엄청나더군요. 미
술관 내부는 희고 넓었어요. 선명한 선들과 미니멀리즘 작품들
이 있었어요. 마네킹의 빈 머리 부분에 영상으로 사람 얼굴을
투사하고 있었어요. 나는 내가 인사이더의 세계로 들어가고 있
다는 걸 깨달았어요. 다른 방법으로는 내가 접근하지 못했을 도
시의 세련된 중심부로 말이죠. 우리는 패션모델들과 선탠을 한
나이 든 남자들과 별난 옷을 입은 예술가들을 지나쳤어요. 쿠르
타를 입은 게 다행이다 싶었죠.

에리카는 곧 여러 친구들의 중심에 있었어요. 내가 전에 보지

못했던 사람들이었어요. 나는 그녀가 사람들을 끌어들이는 모습을 지켜보았어요. 그 모습을 보면서 우리가 그리스에 갔을 때, 그녀가 우리들한테 행사했던 **중력**을 떠올렸죠. 그런데 이번에는 달랐어요. 이번에는 그녀가 나를 데려갔어요. 그녀는 저녁 내내 우리가 어떤 의미있는 특별한 관계라는 걸 분명히 했어요. 눈길도 그랬고, 음료수를 주는 것도 그랬고, 내 팔꿈치를 손으로 만지는 것도 그랬어요. 몇 시간 후 내가 그녀를 집에 데려다 줄 택시 문을 잡아 주자, 그녀는 내 볼에 입맞춤을 했어요. 우리는 파티에서 얘기를 거의 안 했지만, 나는 우리가 함께 친밀한 저녁 시간을 보낸 것 같은 느낌을 받았어요. 어쩌면 그녀도 똑같이 느꼈는지, 그 순간 "고마워요."라고 말하더군요. 나는 깜짝 놀랐어요. 감사해야 하는 건 나라고 생각했기 때문이죠. 하지만 그렇게 말할 시간이 없었어요. 그녀가 택시 문을 당겨서 닫고 가 버렸으니까요.

이후 몇 주 동안, 그녀는 여러 번에 걸쳐 나를 초대했어요. 하지만 우리가 그녀의 방과 택시에서 같이 있었던 첫날 저녁 같지는 않았어요. 둘만 있은 적이 없었어요. 우리는 로어이스트사이드에 있는 작은 음악회장에도 가고, 미트패킹디스트릭트에 있는 프랑스 레스토랑에도 가고, 트라이베카에서 열린 다락방 파티에도 갔어요. 하지만 늘 다른 사람들과 같이 있었어요. 나는 지인들에 둘러싸여 서 있거나 앉아 있는 그녀를 종종 지켜보았어요. 그런데 그녀는 종종 내향적이 되었어요. 그들이 옆에 있는 게 그녀를 움츠러들게 하고 반 걸음쯤 안으로 들어가게 만드는 것 같았어요. 그녀를 보면서, 나는 그녀가 문을 열어 놓고 불을 켜 놓아야만 잠을 잘 수 있는 어린애 같다는 생각을 했어요.

때때로 그녀는 자기를 쳐다보는 내 눈길을 의식하고, 추운 데서 걷다가 돌아온 자기 어깨에 내가 숄을 둘러 주기라도 한 것처럼 나를 향해 미소를 지어 보였어요. 혹은 내가 그렇게 착각했는지도 모를 일이죠. 우리는 그렇게 외출을 할 때는 의례적인 말만 주고받았어요. 하지만 나는 우리 관계가 깊어지고 있다는 걸 느꼈어요. 저녁 시간이 끝날 때쯤, 그녀는 내 볼에 입을 맞췄어요. 그런데 입술이 머무르는 시간이 조금씩 길어지는 것 같았어요. 그러다가 그녀의 냄새가 내게 남고 오목 들어간 입꼬리의 부드러움을 느낄 정도로 시간이 길어졌어요.

나의 인내심은 내가 마닐라로 떠나기 전 주말에 보상을 받았어요. 에리카는 나한테 주말에 센트럴파크로 점심 소풍을 가자고 했어요. 나는 우리가 이번에는 다른 사람 없이 간다는 걸 깨달았어요. 대서양에서 불어오는 맹렬한 바람이 나무들을 흔들고 구름이 하늘에서 쏜살같이 달음질을 치는 뉴욕의 7월 하순, 어느 아름다운 오후였어요. 어떤 날씨를 말하는지 안다고요? 맞아요, 바로 그거예요. 서늘하고 소금기 묻은 공기가 도시에 불어오면, 습기는 순식간에 사라지죠. 에리카는 밀짚모자를 쓰고 바구니를 들고 있었어요. 바구니에는 와인과 막 구운 빵, 얇게 자른 고기, 다양한 치즈, 포도 등이 들어 있었어요. 맛도 좋고 세련된 것들로 구색이 갖춰져 있었죠.

우리는 잔디에 앉아 음식을 먹으며 얘기를 했죠. 그녀가 나한테 물었어요. "라호르에서도 사람들이 이렇게 소풍을 오나요?" 나는 그녀에게 말했어요. "여름에는 그리 많이 하지 않아요. 다른 선택의 여지가 있다면 적어도 그렇게 안 하죠. 햇볕이 너무 강하거든요. 밖에 나온 사람들은 그늘에 모여 있지요." "그렇다면 당신한테 아주 낯선 일이겠네요." "그렇지는 않아요. 그러고 보니, 우리 가족이 히말라야 산기슭에 있는 나티아갈리에 갔던 때가 생각나네요. 거기에서는 종종 야외에서 식사를 했죠. 호텔에서 가져온 차와 오이 샌드위치로요." 그녀가 그 광경을 상상해 보며 미소 지었어요. 그러다가 생각에 잠기더니 말이 없어졌어요.

그녀가 다시 입을 열었을 때, 이런 말을 했어요. "나는 오랫동안 이렇게 해 본 적이 없어요. 크리스가 있었을 때는, 공원에 자주 오곤 했어요. 우리는 이 바구니를 들고 와서 몇 시간 동안 책을 읽거나 그냥 빈둥거렸죠." "당신이 오지 않게 된 건 그가 죽은 다음부터인가요?" 그녀가 데이지를 뽑으며 말했어요. "여러 가지 일들을 그만뒀죠. 한동안 사람들과 얘기하는 것도 그만뒀고, 먹는 것도 그만뒀어요. 병원에 가야 할 정도였어요. 그들은 그 일에 관해 너무 많이 생각하지 말라며 약을 처방해 주더군요. 어머니는 내가 혼자 있을 수 없게 되자 삼 개월 동안이나 일을 쉬어야 했어요. 하지만 우리는 그 일에 대해 침묵을 지켰죠. 그리고 나는 9월에 프린스턴으로 돌아갔고요."

그게 그녀가 말한 전부였어요. 그녀는 조용하고 정상적인 목소리로 그 얘기를 했어요. 하지만 나는 다시 한 번, 이번에는 전보다 훨씬 더 분명하게, 그녀 안에 있는 갈라진 틈을 엿보았어요. 그녀가 내 가족이라도 되는 것처럼 안쓰럽더라고요. 출발하려고 일어섰을 때, 나는 그녀에게 팔을 내밀었어요. 그녀는 웃으면서 내 팔을 잡더군요. 그리고 우리는 센트럴파크를 뒤로 하고 걸어갔어요. 그녀의 서늘하고 부드러운 살이 내 살에 닿던 느낌이 지금도 생생하네요. 그렇게 오래 살을 맞댄 적이 없었거든요. 그렇게 탄탄한데도 그렇게 상처를 받은 사람의 몸이라는 느낌이 나중까지 오랫동안 내 안에 남았어요. 사실, 몇 주 후 나는 마닐라에 있는 호텔 방에서 자다가, 귀신이 나를 만지는 것처럼 그때의 느낌을 받고 이따금 깨어나곤 했어요.

오늘은 운이 없네요! 전기가 나갔어요. 그런데 왜 그렇게 벌떡 일어나는 거죠? 놀라지 마세요. 내가 앞서 얘기한 것처럼, 파키스탄에서 정전은 흔한 일이에요. 당신은 정말로 과장되게 반응하는군요. 아직 그렇게 어둡지도 않잖아요. 하늘에는 아직도 빛이 남아 있어요. 나는 당신이 재킷 속에 손을 넣고 서 있는 모습을 아주 분명하게 볼 수 있어요. 걱정하지 말아요. 아무도 당신 지갑을 훔치려고 하지 않을 테니까요. 이처럼 큰 도시치고, 라호르에는 놀랍게도 그런 작은 범죄가 별로 없어요. 부탁이니 앉으세요. 그러지 않으면 나도 일어나야 할 테니까요. 손님이 불편해하는데, 내가 이 자세로 계속 앉아 있으면 무례한 거잖아요.

아, 전기가 다시 들어왔네요! 다행이에요. 순간적인 혼란에 지나지 않는다고요. 그런데도 당신은 갑자기 매의 그림자 밑으

로 들어간 생쥐라도 되듯 펄쩍 뛰었어요! 할 수만 있다면, 당신
한테 위스키를 한 잔 줘서 안정을 시키고 싶네요. 잭 다니엘 어
때요? 이제야 웃는군요. 당신이 좋아하는 걸 내가 딱 알아맞혔
나 보군요. 애석하게도 이 시장에 당신네 나라에서 온 음료는
탄산수밖에 없어요. 그런 것이라도 괜찮겠어요? 그렇다면 웨이
터를 바로 부르죠.

주저하는 근본주의자

5

　잘 보세요. 박쥐들이 광장 위에 나타나기 시작했어요. 크리피*
하다고요? 대단히 미국적인 표현이군요. 그 말을 들어 본 지도
몇 년 됐네요! 하지만 나는 그들이 크리피하다곤 생각하지 않아
요. 사실, 나는 박쥐를 꽤 좋아해요. 박쥐들을 보면 어렸을 때가
생각나거든요. 박쥐들은 우리가 할아버지의 수영장에서 수영을
하고 있으면 우리를 개구리라고 착각했는지, 우리를 향해 내려
왔어요. 라호르에는 당시 더 큰 놈들도 살고 있었죠. 아버지는
그들을 '날아다니는 여우'라고 했죠. 저녁에 몰 도로를 따라 차
를 타고 가면, 오래된 나무들의 가지에 박쥐들이 거꾸로 매달려
있는 걸 볼 수 있었죠. 이제는 없어졌어요. 박쥐들은 나비나 개
똥벌레처럼, 근대적인 대도시의 오염과 혼잡과 맞지 않는 **꿈같
은** 세계에 속하는지도 모르죠. 지금은 시골에나 가야 박쥐들을
볼 수 있어요.

　* creepy, '오싹하다'는 뜻.

그런데 이 박쥐들은 살아남았어요. 당신과 나처럼 성공적인 도시 거주자들이죠. 발각되지 않을 정도로 빠르고 군중 속에서 사냥을 할 정도로 기민하죠. 높은 건물들 사이를 누비는 그들의 능력은 감탄스러워요. 건물에 아무리 가깝게 가도 부딪치는 적이 없어요. 그에 반해, 나비들은 지나가는 자동차 앞유리에 부딪치는 경우가 많죠. 언젠가 한번은 개똥벌레가 어떤 집 창유리에 계속 부딪는 걸 본 적이 있어요. 유리가 길을 가로막고 있다는 걸 이해하지 못해 그랬던 거죠. 어쩌면 '날아다니는 여우들' 한테는, 더 작은 박쥐들에게 있는 레이더나 기민함이 없었는지도 모르죠. 그래서 라호르의 새 사무실과 쇼핑몰에 부딪쳐 죽었는지도 모르고요. 건물들이 전에 있던 어떤 건물보다 더 높아졌으니까요. 그렇다면 뉴욕에서도 오래전에 멸종됐겠네요. 마닐라도 마찬가지겠죠.

언더우드샘슨에서 첫 임무를 부여받고 필리핀에 도착했을 때, 나는 몹시 흥분해 있었어요. 우리는 일등석을 탔었죠. 양복을 입고 비행기 좌석에 눕던 느낌을 결코 잊지 못할 거예요. 매력적이고 교태를 부리는(맞아요, 나는 그렇게 믿고 싶을 정도로 사실 뻔뻔했죠.) 승무원이 부어 주는 샴페인을 마시던 것도 말이죠. 내 눈에는 내가 진짜 제임스 본드 같았어요. 더 젊고, 더 검고, 어쩌면 돈을 더 받는 게 차이라면 차이였고요. 지금 그때를 회상하니 기분이 참 묘하네요. 자기만족감이라는 게 나중에 얼마나 빨리 사라졌는지 생각하니 더욱 그러네요!

그런데 내가 너무 앞서 가고 있군요. 여하튼 당신한테 마닐라

에 관해 얘기하고 있었죠. 동양에 가 본 적 있습니까? 가 보셨군
요! 정말 당신은 미국인 치고는 여행을 많이 하는 편이군요. 그
정도면 다른 나라 사람이라 해도 많이 하는 거예요. 당신이 하
는 일이 뭔지 점점 더 궁금해지네요. 하지만 적당한 시기가 되
면 당신 스스로 나한테 얘기해 주겠죠. 당신은 내가 얘기를 계
속해 주기를 바라는 것 같군요. 동양에 가 보셨다니까, 얼마나
거대한 변화가 그쪽에서 일어나고 있는지 설명해 줄 필요는 없
겠군요. 나는 라호르 같은 도시를 기대했어요. 아니면 카라치
같은 도시던가요. 그런데 그곳엔 고층 건물과 고속도로가 있었
어요. 그래요, 마닐라에도 빈민가는 있지요. 공항에서 차를 타
고 가는 길에도 있었어요. 더러운 흰 내의를 입은 남자들이 자
동차 정비소 앞에서 빈둥거리더군요. 「그리스」 같은 영화에 나
오는 1950년대 미국보다 더 가난한 슬럼가라고나 할까요. 하지
만 부호들을 위한 마닐라의 번쩍이는 스카이라인과 담으로 둘
러싸인 지역은 내가 파키스탄에서 보았던 어떤 풍경과도 달랐
어요.

　나는 비교하지 않으려고 노력했어요. 뉴욕이 라호르보다 더
부유한 것을 받아들이는 건 그래도 괜찮았지만, 마닐라도 그렇
다는 사실을 인정하는 건 힘들었어요. 나는 내가 장거리 선수
같다는 생각을 했어요. 어깨 너머로 흘깃 보고, 자기보다 앞서
가는 친구가 선두가 아니라 뒤처진 이들 중 하나라는 사실을 깨
닫기 전까진 자신이 그다지 형편없지 않다고 생각하는 장거리
선수 말이죠. 어쩌면 바로 그런 이유에서 나는 마닐라에서 내가

전에 하지 않던 행동을 했는지도 몰라요. 품위가 허락하는 한, 더 **미국인**처럼 행동하고 또 말하려 했던 거죠. 우리와 같이 일하는 필리핀인들은 나의 미국인 동료들을 우러러보고 그들을 글로벌 비즈니스의 상위 계층이라고 본능적으로 받아들이는 것 같았어요. 나는 그들이 나도 그렇게 존경해 주기를 바랐어요.

그래서 나는 내 아버지 나이뻘 임원들에게 "**지금 당장 필요해요.**"라고 말하는 법을 배웠어요. 또한 이상한 미소를 지으며 본론으로 치고 들어가는 법을 배웠어요. 그리고 어디서 왔느냐고 물으면 뉴욕에서 왔다고 대답하는 것도 배웠어요. 당신은 그런 일들이 나를 괴롭혔느냐고 묻는군요. 그럼요, 물론이지요. 나는 종종 수치스러웠어요. 하지만 그런 내색을 하지는 않았어요. 여하튼 나는 자랑할 것들이 많았으니까요. 예를 들어 일에 대한 수완, 내 능력에 대한 동료들의 화려한 평가가 그랬지요.

아까 얘기한 것처럼, 우리가 그곳에 간 건 레코드 업체를 평가하기 위해서였어요. 그곳 사장은 레코드 업계에서는 전설적인 인물이었어요. 그가 선글라스를 벗자, 오랫동안 환각제(LSD)를 복용해서인지 눈이 흐리멍덩했어요. 하지만 그는 화려한 과거에도 불구하고, 수지 맞는 하청 계약을 해서 두 개의 국제 음악 회사를 위해 CD를 만들어 배급했다고 하더군요. 그는 자신의 사업이 동남아시아에서는 가장 큰 규모이며, 저작권 침해, 다운로드, 중국인들과의 경쟁 등에도 불구하고 아주 양호한 속도로 커지고 있다고 주장하더군요.

우리는 그 사업이 실제로 얼마나 가치 있는지 결정하기 위해

한 달 동안 밤낮으로 일했어요. 우리는 공급자들과 직원들과 온 갖 전문가들을 면접했고, 몇 시간 동안 회계사들과 변호사들과 비공개 모임을 가졌어요. 우리는 몇 기가바이트에 해당하는 데 이터를 모으고, 실적 지표들을 기준과 비교했어요. 결국 우리는 무수한 수열로 이루어진 복잡한 재정 모델을 만들어 냈어요. 나 는 컴퓨터 앞에서도 많은 시간을 보냈지만, 공장과 여러 음악 가게에도 직접 가 봤어요. 그렇게 밖으로 나갈 때면, 내 팀원들 이 미래를 만들어 가고 있다는 걸 알고 엄청난 힘을 느꼈어요. 이 근로자들은 해고될 것인가? 이 CD들은 다른 곳에서 만들어 질 것인가? **우리가**, 물론 간접적이긴 하지만, 그 결정을 도와줄 테니까요.

하지만 혼란에 빠지는 순간들도 있었어요. 특별히 기억나는 일이 하나 있어요. 나는 동료들과 리무진을 타고 가고 있었어요. 교통 체증 때문에 차가 움직이지 못하는 상황이 발생했어요. 그 런데 창문을 열고 밖을 내다보니 불과 몇 미터 떨어지지 않은 곳에서 승합차 운전자가 나를 쳐다보더군요. 그의 표정에는 노 골적인 적개심이 있었어요. 나는 이유가 뭔지 전혀 몰랐죠. 전 에 만난 적이 없었거든요. 그건 확실해요. 몇 분 지나면 우리는 아마 서로를 다시 볼 일도 없었을 거예요. 그런데 그의 미움이 너무 노골적이고 너무 **사사로워서** 나는 괴로웠어요. 나도 화가 나서 그를 노려봤죠. 당신이 여기에 머물며 보았겠지만, 라호르 에서는 노려본다는 게 심각한 의미거든요. 앞에 있는 차가 움직 여 그가 도로로 시선을 돌릴 때까지 나는 그를 계속 쳐다보았어요.

나중에 나는 그가 왜 그렇게 행동했는지 이해하려고 노력했어요. 나는 그의 아내가 그를 버리고 나가 버려서 그랬는지도 모른다고 생각했죠. 혹은 내 양복과 비싼 차가 암시하는 특권에 화를 낸 건지도 모른다고 생각했죠. 아니면 미국인들이 그저 싫은 건지도 모른다고 생각했죠. 필요 이상으로 그 문제에 마음을 빼앗겼죠. 여러 가능성들을 생각해 보면서 말이죠. 모든 게 무의식적으로, 그와 내가 일종의 제3세계적인 감성을 공유하고 있다는 전제를 깔고 있더군요. 그런데 내 동료 중 하나가 나한테 뭔가를 물었어요. 내가 그에게 대답을 하려고 몸을 돌렸을 때, 아주 이상한 일이 일어났어요. 나는 그—금발에 옅은 색 눈, 그리고 무엇보다도 세부적인 일에 몰두하는 표정—를 바라보며 생각했어요. 너는 정말로 **이국적이구나**. 나는 그 순간, 내가 그보다 필리핀 운전사와 훨씬 가깝다는 느낌을 받았어요. 거리에 있는 사람들처럼 집에 가야 하는데, 내가 연극을 하고 있는 것 같은 느낌이 들었어요.

물론 나는 아무 말도 하지 않았지만, 그런 일련의 사건들—아니면 사건들이라고 할 만한 건 아니니까 인상이라고 해야 할까요.—에 적잖이 당황했어요. 그날 밤, 잠을 자기가 힘들더군요. 하지만 다행히도 우리에게 주어진 일이 집중력을 필요로 해서 더 이상 불면증에 빠져 있도록 날 놔두지를 않더군요. 다음 날 나는 새벽 2시까지 사무실에 있다가 호텔 방에 돌아와 아이처럼 곤히 잤어요.

주저하는 근본주의자

마닐라에 있는 동안(7월 말에 가서 9월 중순에 돌아왔죠.) 친구들이나 가족과 연락한 건 매주 라호르로 전화를 하고 뉴욕에 있는 에리카와 인터넷으로 연락을 한 게 대부분이었어요. 시간대가 달라, 그녀가 아침에 보낸 메시지는 저녁에 볼 수 있었어요. 자기 전에 그걸 읽고 답장을 보냈죠. 그녀의 이메일은 변함없이 간단했어요. 그녀는 한 단락 이상을 쓴 적이 없었지만, 적은 말로 많은 얘기를 했어요. 예를 들면 이랬어요. "C.—나는 햄튼에 있어요. 오늘은 해변에서 여러 사람들과 같이 빈둥거렸어요. 나는 혼자서 산책을 하러 갔어요. 바위 사이에 작은 웅덩이가 있었어요. 당신은 웅덩이를 좋아하나요? 나는 좋아하거든요. 웅덩이는 작은 세계 같아요. 완벽하고 독립적이고 투명한 작은 세계 말이죠. 거기선 시간이 정지된 것 같아요. 그런데 파도가 밀어닥치면 남겨진 새로운 고기들과 함께 다시 처음부터 시작되죠. 여하튼 내가 돌아가자, 모두가 나한테 어디 갔었느냐고 묻더군요. 그때서야 나는 내가 오후 내내 거기에 있었다는 걸 깨달았어요. 일종의 초현실이었어요. 당신이 생각났어요. —E."

그런 메시지를 받으면 며칠 동안 기분이 좋았어요. 어쩌면 당신은 과장이라고 생각할지 모르죠. 하지만 당신은 라호르에서는, 적어도 내가 중등학교에 다닐 때는(어쩌면 다른 곳과 마찬가지로 이곳 젊은이들도 지금은 더 자유로워졌을지 모르죠.) 연애라는 게 짧은 전화 통화, 친구를 통한 연락, 실제로 이뤄지지 않은 만남의 약속 등과 같은 것을 통해 종종 이루어졌지요. 많은 부모들이 엄격했어요. 때로는 여자 친구를 몇 주 동안 못 만나는 경우도 있었어요. 그래서 우리는 만족감을 거부하는 걸 **음미하는** 법을 배웠죠. 그런 쾌락은 참으로 미국적이지 않죠. 여하튼 나는 내가 방금 얘기한 그런 이메일로도 충분히 행복할 수 있었어요.

물론 에리카가 보고 싶었죠. 그래서 우리 프로젝트가 끝나갈 때, 기분이 좋았어요. 짐은 우리가 내린 최종 결론을 보려고 날아왔죠. 그는 술을 한잔하자고 했어요. 우리가 묵는 고상한 호텔인 마카티샹리라를 향해 그가 손을 흔들며 말했어요. "찬게즈, 이 모든 것에 이제는 익숙해졌겠지?" "물론이지요." "자네에 대해 누구나 좋은 말들을 하더군." 그는 내가 어떻게 반응하는지 보려고 잠시 기다리다가 내가 미소를 짓자 덧붙였어요. "너무 열심히 하는 걸 제외하면 말이지. 지금 정력을 다 낭비하면 안 돼." "걱정 마세요. 충분히 쉬면서 하고 있으니까요." 그가 한쪽 눈썹을 추켜올리고 웃기 시작하더군요. 그가 말했어요. "내가 자네를 좋아하는 거 알아? 정말이야. 분위기를 띄우려고 허튼소리를 하는 게 아니야. 자네는 상어야. 칭찬으로 하는 말이야. 내가 처음에 들어왔을 때, 나를 두고 그렇게들 말했거든. 상어라고 말이지. 나는 헤엄치는 걸 멈춘 적이 없어. 그리고 냉정한 사람이었지. 나는 내가 이 세계에 속하지 않는다고 느낀다는 걸 내보인 적이 없어. 자네처럼 말이야."

짐이 나한테 그런 식으로 얘기한 건 처음이 아니었어요. 나는 늘 어떻게 반응해야 할지 몰랐어요. 듣는 사람을 포함시키는 고

주저하는 근본주의자

백은, 크리켓에서 쓰는 표현으로 말하면 빌어먹게 상대하기 어려운 공이죠. 거부하면 고백하는 사람을 무시하는 거고, 받아들이면 자기 죄를 인정하는 셈이 되니까요. 그래서 나는 다소 조심스럽게 말했어요. "왜 속하지 않으셨는데요?" 그가 다시 한번, 내 속을 뻔히 들여다볼 수 있는 것처럼 미소를 짓더니 말했어요. "나는 다른 쪽에서 자랐기 때문이야. 내 인생의 반 동안 나는 과자 가게 밖에서 안을 들여다보는 아이였지. 미국에서는 아무리 가난해도 텔레비전을 보면 세상을 잘 알 수 있지. 여하튼 나는 엄청나게 가난했지. 아버지는 괴저(壞疽)로 돌아가셨고 말이야. 그런데 내가 와인 한 병을 100달러에 사다니 이 얼마나 아이러니인가."

나는 생각해 보았어요. 당신한테 이미 얘기한 것처럼, 나는 가난하게 자라지는 않았어요. 하지만 일종의 **동경**을 품고 자랐지요. 내 경우에는 내 가족이 결코 갖지 못했던 것이 아니라 우리가 가졌다가 잃어버린 것에 대한 동경이었죠. 우리 친척 중 일부는 집 없는 사람들이 복권에 매달리는 것처럼 상상 속 기억에 매달렸어요. **노스탤지어**가 그들의 마약이었던 거죠. 내 유년 시절은 그 중독의 결과였던 거고요. 무익한 빚, 유산을 둘러싼 다툼, 이상한 알코올중독이나 자살 등처럼 말이죠. 이런 점에서 짐과 나는 사실 비슷했어요. 그는 과자 가게 밖에서 자랐고, 나는 문이 닫히고 있을 때, 문지방에서 자란 거죠.

우리가 있던 술집으로 다른 동료들이 몰려왔어요. 하지만 짐은 내 의자 뒤에 팔을 두르고 있었어요. 그가 나를 그의 비호 아래 둔 것처럼 느껴져 기분이 좋더군요. 호텔 직원이 그를 어떻게 대하는지 보니까 훨씬 더 좋은 느낌으로 다가오더군요. 그들은 짐을 자산가처럼 대했어요. 그들이 그에게 보내는 미소와 관심은 대단했어요. 나는 우리 팀 중 유일하게 미국인이 아니었죠. 하지만 나의 파키스탄적인 특성은 내 옷과 내 비용 계정, 특히 내 동료들에 묻혀 보이지 않는 것 같았어요.

그런데…… 아니, 여기에서 잠깐 이야기를 멈춰야 할 것 같아요. 내가 다음에 얘기하려고 하는 걸 당신이 별로 좋아하지 않을 것 같아서요. 그래서 얘기를 계속하기 전에 당신에게 경고를 해 두고 싶어요. 게다가 지금 나는 목이 타거든요. 산들바람이 안 부는 것 같네요. 밤이 돼도 날씨가 여전히 따뜻해요. 음료수 한 잔 더 마실래요? 싫어요? 내 얘기에 흥미가 당기는 모양이네요. 내가 얘기를 계속하기를 바라세요? 좋아요. 웨이터한테 음료수를 더 갖다 달라고 신호만 보내고 나서 할게요. 저기, 됐어요. 빨리도 오는군요. 남들이 보면, 우리가 유일한 손님이라고 생각하겠어요! 아, 맛있네요. 바로 이게 내가 원하는 거였어요.

다음 날 저녁은 우리가 마닐라에서 보내는 마지막 밤이 될 예정이었어요. 나는 방에서 짐을 싸고 있었어요. 텔레비전을 켰을 때 처음에는 영화가 나오는 줄 알았어요. 그런데 계속 보니까, 영화가 아니고 뉴스더라고요. 뉴욕 월드트레이드센터 쌍둥이 건물이 하나둘 무너지더군요. 그때, 나는 **미소를 지었어요.** 그래요, 혐오스럽게 들릴지 모르지만, 나의 첫 반응은 놀랍게도 즐거움이었어요.

주저하는 근본주의자

당신은 혐오스러워하는군요. 당신은 아마 의식하지 못하겠지만, 주먹을 쥐고 있군요. 그 큰 손으로 말이죠. 하지만 나는 비사회적 인격장애자는 아니에요. 내 말 믿으세요. 다른 사람들의 고통에 무관심하지도 않아요. 나는 내가 아는 사람이 심각한 병에 걸렸다는 진단을 받았다고 하면, 거의 예외 없이 고통스럽고 몸이 움찔할 정도로 콩팥이 아파요. 자선 단체에서 기부금을 내라고 하면, 보잘것없는 형편이 적어도 허락하는 한 기꺼이 내려고 하죠. 그래서 내가 무고한 사람 수천 명이 살육당하는 걸 보고 기뻤다고 하는 건 당혹스러운 느낌과 더불어 하는 말이에요.

하지만 그 순간, 나는 그 공격의 **희생자들**을 생각한 게 아니에요. 텔레비전에 나오는 죽음은 그것이 허구적일 때 내 마음을 가장 많이 움직이죠. 여러 일화를 통해 내게 친숙해진 인물이 죽으니까 그런 거죠. 그런데 그 순간은 그게 아니었어요. 나는 그 모든 것의 상징성에 **빠져들었던** 거죠. 누군가가 그렇게 가시적으로 미국의 무릎을 꿇렸다는 사실에 그랬던 거죠. 아, 내가 당신을 더 불쾌하게 하는 모양이군요. 물론 이해합니다. 자기 나라의 불행에 다른 사람이 흡족해하는 걸 보는 건 가증스러운 일이지요. 하지만 당신도 그런 감정으로부터 완전히 자유롭지는 못할 거예요. 당신은 미국 무기가 적의 건축물을 폐허로 만들어 버리는, 최근에 상당히 유행하는 비디오 클립을 보면 즐겁지 않나요?

하지만 당신들은 전쟁 중이라고요? 맞아요, 일리 있는 말이죠. 그런데 나는 미국과 전쟁 중이 아니었어요. 전쟁과는 거리가 멀었죠. 나는 미국 대학의 산물이었어요. 미국에서 상당한 급료를 받고 있었고요. 그리고 미국 여자를 사랑하고 있었어요. 그렇다면 어째서 나의 일부가 미국이 해를 입는 걸 보고 싶어 했을까요? 당시에는 몰랐어요. 다만 그것이 내 동료들에게 받아 들여질 수 없는 감정이라는 것은 알았어요. 나는 그런 감정을 최대한 숨기려고 했어요. 그날 저녁, 우리 팀원들이 짐의 방에 모였을 때, 나는 다른 사람들과 마찬가지로 충격받고 괴로워하는 시늉을 했어요.

그러나 나는 그들이 사랑하는 사람들에 대해 얘기하는 걸 듣고, 에리카를 생각했어요. 나는 더 이상 그런 시늉을 할 필요가 없었어요. 물론 그때까지만 해도, 나는 죽음이 훗날 그라운드 제로라고 불리게 될 제한된 구역에 국한되었다는 걸 아직 모르고 있었어요. 또한 그 공격이 있었을 때, 에리카가 안전하게 집에 있었다는 것도 아직 모르고 있었어요. 그녀가 걱정이 되어 잠을 못 이루게 되자 나는 차라리 다행이다 싶었어요. 그렇게 해서 나는 내 동료들의 불안을 공유하고 처음에 느꼈던 기쁜 마음을 한동안 무시할 수 있었어요.

우리는 며칠 동안 마닐라를 떠날 수 없었어요. 비행기 노선이 취소되었으니까요. 나는 공항에서 무장한 경비병들한테 끌려 어떤 방으로 갔어요. 사각팬티가 나올 때까지 옷을 다 벗어야 했죠. 다소 당황스럽게도, 나는 테디베어가 그려진 핑크색 팬티를 입고 있었어요. 조사관들은 그것을 보고도 엄격한 표정을 풀지 않더군요. 결과적으로 나는 비행기에 가장 늦게 타게 됐어요.

주저하는 근본주의자

내가 들어가자 상당수 승객들이 염려하는 표정을 짓더군요. 나도 불편한 얼굴로 뉴욕으로 날아갔어요. 나는 의심받는다는 걸 알고 있었어요. 죄를 지은 것만 같았어요. 그래서 가능한 태연한 척하려고 했어요. 그러자 자연스럽게 굳어 버리고 머뭇거려지더군요. 내 옆에 앉아 있던 짐이 나한테 여러 차례 괜찮으냐고 물었어요.

도착하자, 나는 입국 심사대에서 다른 팀원들과 분리되었어요. 그들은 미국 시민 심사대에 줄을 섰어요. 나는 외국인 심사대로 갔고요. 내 여권을 검사한 관리는 엉덩이에 권총을 찬 건장한 여자였어요. 나보다 영어를 못하는 여자였지요. 나는 미소를 지으며 그녀의 적의를 없애려고 했어요. 그녀가 물었어요. "미합중국에 온 목적이 뭐죠?" "나는 여기 살아요." "내가 물은 건 그게 **아니에요**. 미합중국에 온 **목적**이 뭐냐고요?" 우리 대화는 이런 식으로 몇 분 동안 계속되었어요. 결국 나는 2차 조사를 받기 위해 어떤 방으로 들어가 철제 의자에 앉았어요. 옆에는 문신을 한 남자가 수갑을 차고 있더군요. 내 팀원들은 나를 기다리지 않았어요. 내가 세관을 통과할 때쯤, 그들은 이미 여행 가방을 챙겨 떠난 뒤였어요. 결과적으로 나는 그날 저녁, 혼자서 맨해튼으로 갔어요.

그런데 당신, 왜 움츠리는 거죠? 아, 맞아요. 박쥐들 때문이군요. 저들이 낮게 맴을 도는군요. 하지만 우리를 건들지 않을 테니 안심하세요. 안다고요? 당신 말투가 퉁명스럽군요. 내가 심기를 건드리고 **화나게** 만든 모양이군요. 그래도 내가 당신을 전적으로 **놀라게** 한 건 아니겠죠? 아닌가요? 아니라고요? **그렇다면** 조금은 흥미롭군요. 우리가 전에 만난 적도 없는데 당신이 나에 대해 적어도 뭔가를 알고 있는 것 같으니 말이죠. 당신은 내 겉 모습을 보고 이미 어떤 결론을 내렸는지도 모르겠군요. 나의 번 쩍이는 수염을 보고 말이죠. 아니면 그저 스키트 사격 선수처럼 놀라운 솜씨로 내 이야기의 궤적을 따라왔는지도 모르겠군요. 그게 아니라면…… 이런 추측은 그만 하죠! 메뉴를 한번 봅시다. 내가 말을 너무 많이 했네요. 내가 손님 대접이라는 내 의무를 소홀히 한 것 같군요. 게다가 이제는 **당신** 얘기를 더 듣고 싶어 요. 라호르에는 뭣 때문에 왔는지, 어떤 회사에서 일하는지 등 등 말이죠. 밤이 깊어 가는군요. 시장 위에 있는 불빛에도 불구 하고 당신 얼굴은 대부분 그늘 속으로 들어가 있군요. 우리 눈 이 점점 쓸모없어져 가니, 박쥐들처럼 다른 감각을 활용해 봅시 다. 당신 귀도 지쳤을 게 틀림없어요. 당신 혀를 쓸 때가 되었어 요. 먹는 데 말이죠. 나는 아직도 당신이 입을 열기를 바라고 있 지만 말이죠.

6

당신은 망설이는군요. 당신을 곤혹스럽게 하려고 한 건 아니었어요. 당신이 이곳에 온 **목적**을 아직 밝힐 준비가 안 됐다면, 강요하지 않을게요. 그런데 당신 태도로 보아, 이곳을 한가롭게 돌아다니는 여행객일 가능성은 거의 없어 보이네요. 아, 냄새를 맡으셨군요. 아무것도 당신한테서 **빠져나가지** 못하는군요. 당신 감각은 광야의 여우처럼 날카롭군요. 다소 기분 좋은 냄새 아닌가요? 맞아요, 당신 말이 맞아요. 재스민 냄새예요. 당신 눈길로 보아 이미 짐작한 것 같은데, 우리 옆 테이블에서 나는 거예요. 가족이 저녁 식사를 하려고 막 앉은 저 테이블에서 말이죠.

보송보송한 팔찌에 묶인 희미한 꽃들과 부인의 까무잡잡한 피부가 매우 대조적이네요! 우아한 향기와 고기 굽는 강렬한 냄새도 대조적이고요! 사실, 우리 인간이 불에 구운 동료 동물들의 고기에 둘러싸였으면서도, 꽃들의 유혹적인 몸짓에 즐거움을 느낄 수 있는 걸 보면 참 대단해요. 우리는 대단한 존재들이에요. 무의식적으로 죽음과 생식의 연관성—그러니까 유한함과 무한함 사이의 연관성—을 감지하는 게 우리 본성인지 모르죠. 그리고 실제로 우리는 영원히 살려고 자식을 낳는 건지도 모르고요.

외할머니가 돌아가셨을 때, 저런 꽃들을 사 오는 심부름을 했던 게 생각나는군요. 그때 열여섯 살이었는데, 가짜 임시 운전면허증을 갖고 있었어요. 형 거였거든요. 내가 운전대를 잡는 걸 너무 좋아하니까, 가족들이 나한테 정기적으로 심부름을 시켰어요. 그러지 않았다면 그런 심부름은 우리 운전사가 했을 거예요. 우리는 도요타 코롤라를 잘 건사했지만, 연식이 오래되다 보니 과열되는 경향이 있었어요. 더운 여름 햇볕 속에서 땀을 흘리며 공동묘지로 걸어갈 때, 어질어질한 향내가 나는 재스민 다발을 높이 쳐들고 갔던 게 지금까지도 생각나요.

뉴욕은 월드트레이드센터가 파괴된 후로 슬픔에 잠겨 있었어요. 내가 없을 때 생긴, 죽은 사람들과 행방불명된 사람들을 추모하는 곳에는 꽃무늬 문양이 두드러져 보였어요. 나는 그 옆을 지나갈 때면 사진, 꽃다발, 위로의 말들을 종종 바라보았어요. 거리 구석에도 있었고, 가게와 가게 사이에도 있었고, 광장 난간에도 있었어요. 그것을 보며 나는 그 비극에 대한 나의 무정하고 비인간적인 반응을 떠올렸어요. 그 사실이 나를 비난하는 것 같았어요.

다른 비난들은 더 요란하게 다가왔어요. 그 공격 후로 당신네 나라 국기가 뉴욕을 침략했어요. 국기는 어디에나 있었어요. 이 쑤시개에 매단 작은 국기들이 추모단에 있었어요. 스티커로 된 국기들이 자동차 앞유리와 창문을 장식했어요. 큰 것들은 건물에서 펄럭였고요. 그 국기들 모두가 선언하는 것 같았어요. **우리는 미국—뉴욕이 아니라 말이죠. 전혀 다른 의미니까요.—이야. 세계가 지금까지 알았던 가장 강력한 문명인 미국이라고. 당신들은 우리를 무시했어. 우리의 분노를 조심해.** 이렇게 말이죠. 나는 도시의 높은 탑들을 올려다보며, 그렇게 거창한 성에서 어떤 사람들이 나타나게 될지 궁금했어요.

그 상황에서 나는 에리카를 다시 만났어요. 우리가 센트럴파크에서 같이 시간을 보낸 그날 오후로부터 육 주가 지났을 때였어요. 내가 전화를 했을 때, 나는 에리카한테 다른 일정이 있을지 모른다고 생각했어요. 그런데 그녀는 그날 저녁 바로 만나자고 했어요. 내가 뉴욕으로 돌아와 첫 출근을 해 근무가 끝나자마자 만나기로 한 거죠. 그녀가 택시에서 내릴 때, 나는 인도에서 기다리고 있었어요. 대기에서는 이상한 냄새가 났어요. 시내의 잔해에서 올라오는 연기가 우리 폐 속으로 들어왔어요. 그녀는 잠을 자지 못한 것처럼 입술이 창백했어요. 아니면 울고 있었는지도 모르죠. 나는 그 순간, 그녀가 더 성숙해 보이고 더 우아하다고 생각했어요. 그녀에게는 나이만이 여자에게 줄 수 있는 그런 아름다움이 있었어요. 나는 미래의 에리카 모습을 얼핏 보고 있다고 상상했어요. 나는 정말로 그녀가 미래의 여왕 같다고 생각했어요!

그녀가 저녁을 먹으며 말했어요. "우리 어머니 말로는 우리가 도시를 잠깐 떠나 있어야 할지 모른다네요. 햄튼으로 가는 거죠. 그래서 나는 도시를 떠나고 싶지 않다고 했어요. 혼자 있고 싶지 않았어요. 그 공격이 내 안에 있는 오래된 생각들을 휘저어 놓았어요." 나는 머리를 끄덕였지만 아무 말도 하지 않았어요. 나는 우리가 장례식장에서 서로를 만나고 있는 것 같은 느낌을 받았어요. 우리는 누군가를 잃은 사람들에게 무슨 말을 해야 할지 모르잖아요. 그녀가 계속 말했어요. "나는 계속 크리스를 생각해요. 왜 그런지는 모르겠어요. 밤에는 대부분 뭔가를 먹어야 잠을 잘 수 있어요. 일 년 전으로 돌아간 것 같아요." 내가 놀란 표정을 했던 모양이에요. 그녀가 미소를 지으며 이렇게 말했으니까요. "**그렇게** 나쁜 편은 아니에요. 먹는 건 잘 먹으니까요. 식욕은 잃지 않았어요. 그런데 나는 귀신에 쓴 것 같아요."

나는 그녀가 한 말을 생각해 보고 말했어요. "나한테 이모가 있어요. 어머니의 동생 중 가장 아름다운 분이죠. 이모는 남편이 될 사람을 세 번밖에 안 만나고 결혼했어요. 이모부는 비행기 조종사였어요. 그런데 이모부가 삼 개월 후에 죽었어요. 이모는 다시 결혼하지 않았어요. 이모는 남편이 평생 동안 자신의 사랑이라고 말했어요." 에리카는 감동받은 것 같았어요. 그녀는 내가 말한 것에 감동도 하고 혼란스럽기도 한 것 같았어요. 그녀가 앞으로 몸을 기울이며 말했어요. "지금은 어떠세요?" "미쳤어요. 3월의 토끼처럼 미쳤어요." 에리카가 나를 빤히 쳐다보았어요. 그리고 웃기 시작하더군요. 놀라면서도 기뻐하는 너털

웃음이었어요. 그녀는 다 웃고 나더니, 내 손에 자기 손을 얹고 말했어요. "당신이 보고 싶었어요. 돌아와서 좋아요."

나는 그녀의 손가락 사이에 내 손가락을 밀어 넣고 싶었지만 가만히 있었어요. 내가 조금이라도 움직이면 접촉이 끊겨 버릴지 모른다는 생각이 들었거든요. 에리카가 한쪽 눈썹을 들어 올리고 내 발음을 흉내 내며 물었어요. "정말로 미쳤나요?" 내가 엄숙한 척하며 말했어요. "맞아요. 애석하게도 완전히." 그 말을 듣고 그녀는 미소를 지었어요. 그녀는 와인을 한 병 더 시키자고 했어요. 우리는 레스토랑이 문을 닫을 때까지 있었어요. 문을 닫을 때쯤, 우리는 아주 기분 좋게 취해 있었어요. 우리는 거리로 나왔죠. 그녀가 내 팔짱을 끼며 말했어요. "나는 당신이 고향 얘기를 하면 좋아요. 당신이 대단히 생기가 넘치니까요."

크리스에 대해 얘기할 때면 그녀도 그런지 나는 묻지 않았어요. 내가 묻지 않은 건 복잡한 생각이 들었기 때문이에요. 한편으로 나는 그녀의 친구로서 그녀가 그렇게 생기 넘치는 걸 보는게 좋았어요. 게다가 그런 식으로 나한테 속을 털어놓는 건 애정 표시였어요. 나는 그녀가 다른 사람한테 크리스에 관해 얘기하는 걸 본 적이 없었어요. 반면 나는 그녀와의 관계가 우정 이상이기를 바랐어요. 그래서 나는 그녀가 크리스한테 계속 집착하는 것을 보면서 경쟁의식을 느꼈어요. 그는 죽었지만, 나는 경쟁에서 그를 이길 수 없을 것 같았어요. 내가 얘기했던 이모는 거의 모든 점에서 에리카와 달랐어요. 이모는 뚱뚱했고, 스쿠터만 타고 여행을 하겠다고 우겼어요. 그리고 조카들에게 줄

사탕이 가득한 등짐을 지고 다녔고, 과부에게 주는 적은 연금으로 살았어요. 하지만 이모는 마흔다섯 살이었어요. 스물두 살때 사진을 보면, 자신만만하고 대단히 매력적이었어요. 나는 이모가 얼마나 많은 구혼자들을 물리쳤는지 상상할 수 있을 뿐이죠. 나는 내가 에리카한테 빠진 것이 그 구혼자들처럼 애초부터 실패로 돌아가게 돼 있는 건 아닌가 싶었어요.

에리카의 얼굴은 이제 편안해 보였어요. 그녀는 내 어깨에 머리를 기대면서 하품을 참더군요. 하지만 그날 저녁 초반에는 긴장하고 근심 걱정이 가득한 모습이었어요. 그 공격 후 많은 사람들이 그랬듯이, 그녀도 아주 불안해 보였어요. 하지만 그녀의 불안감은 테러리스트들의 손에 죽을 가능성과 간접적으로만 관련 있는 것 같았어요. 월드트레이드센터의 파괴는 그녀가 얘기했던 것처럼, 연못 바닥 침전물처럼 가라앉아 있던 오래된 생각들을 휘저어 버렸던 모양이에요. 이제 그녀의 마음은 전에는 무시했던 것으로 자욱해졌어요. 나는 나에 대해서 그런 것인지 어쩐지 알지 못했어요.

우리는 밤에 말없이 돌아다녔어요. 가다 보니, 운이 좋게 내가 사는 건물에 가 있었어요. 아니, 내가 정직하지 못하군요. 사실, 운하고는 전혀 상관없었으니까요. 그녀가 물었어요. "나, 올라가도 돼요? 당신이 사는 곳을 보고 싶어요." 계단을 오르면서, 내 가슴이 뛰는 소리가 내 귀에 들리는 것 같았어요. 내가 사는 소형 아파트는 엘리베이터가 없는 4층에 있었어요. 당신도 상상할 수 있겠지만, 그래서 상당히 많이 올라가야 했어요. 나는 그녀가 그곳을 어떻게 생각할지 다소 걱정이 되었어요. 그녀의 집과 비교하면 너무나 작았으니까요. 하지만 나는 그곳이 **나름** 매력적이라고 스스로를 다독였어요. 그녀가 내 침대소파 가장자리에 걸터앉으며 말했어요. "완벽하네요." 침대소파는 아직 침대로 사용되게 펼쳐져 있었지요.

그녀는 눈을 감고 팔꿈치를 대고 뒤로 기댄 채, 의심할 줄 모르는 소녀처럼 졸린 듯한 미소를 지었어요. 나는 소변이 마려워 방광이 터질 것 같았어요. 나는 곧 돌아오겠다면서 화장실로 달려갔어요. 그런데 내가 돌아오자 그녀는 곤히 잠들어 있었어요. "에리카?" 불러도 대답이 없었어요. 나는 어떻게 해야 할지 몰랐어요. 그래서 망설이다가 결국 불을 껐어요. 블라인드가 올려져 있어서 맨해튼 불빛이 안으로 들어왔어요. 나는 그녀가 숨을 쉬면서 가슴이 부드럽게 오르락내리락하는 모습을 바라보았어요. 그러고는 그녀에게 시트를 덮어 주고 마루에 베개를 놓고 누웠어요. 나는 기진맥진해 있었어요. 시차 탓에 피로감까지 겹쳐 힘들었어요. 하지만 잠이 드는 데 오래 걸렸어요. 나는 아침에도 일어나지 않았어요. 나중에 알고 보니, 그녀는 나가면서 내 이마에 입맞춤을 했다고 하더군요.

그런데 저기 좀 보세요! 꽃 장수가 오네요. 이쪽으로 오라고 할게요. 그럴 기분이 아니라고요? 재스민 한 묶음은 괜찮지 않아요? 자, 받아요. 질감이 벨벳으로 만든 공 같지 않아요? 새우튀김 같다고요? 아, 농담이군요. 나는 순간적으로 당신이 진지하게 하는 말이라고 생각했어요. 그래도 당신은 바다로부터 아주 멀리 떨어진 라호르에 없는 게 뭔지를 일깨우는 덴 성공했네요. 나는 미국의 새우튀김만 준다면 무엇이라도 내놓을 것 같아요. 반죽에 묻혀 황금 갈색이 될 때까지 튀겨 토마토소스와 함께 나오는 새우튀김 말이죠. 하지만 아쉽게도 여기에서는 이 꽃으로 만족해야겠네요. 이 꽃이 뉴욕에서는 아주 드문데, 이곳에서는 아주 흔하답니다.

어디까지 얘기했죠? 맞아요, 뉴욕에 돌아온 것과 에리카에 대해 얘기하고 있었군요. 내 아파트에서 잔 후로 에리카는 자주 나를 불러냈어요. 나는 그녀를 따라 월드트레이드센터 희생자들을 위한 기금 모임에도 갔고, 그녀의 친구들 집—**실제로** 집이었어요. 맨해튼에 숲을 이루고 있는 아파트들 사이에 있는 적갈색 사암 단독주택 말이죠.—에서 열리는 저녁 식사 자리에도 참석했어요. 그리고 개막식과 예술 후원가들을 위한 개별적인 시사회에도 참석했어요. 결과적으로 나는 뉴욕 사회 주요 행사에 그녀의 공식적인 동행자로 참석했던 거죠.

사실 나는 그 역할이 마음에 들었어요. 주제넘게도 내 인생은 그렇게 예정되어 있었고, 내가 그렇게 거창한 환경에서 정말로 부유한 사람들과 어깨를 나란히 하고 살게 되어 있다는 생각까지 하게 되었죠. 에리카는 내 가치를 보증해 줬어요. 내가 행동하는 방식은 내 교양이 완벽하다는 걸 암시했죠. 나는 그렇게 믿고 싶었죠. 나에 대해 그 이상으로 알고 싶었던 사람들은 내 프린스턴 학위와 언더우드샘슨 비즈니스 카드를 보고 존경스럽다는 듯 고개를 끄덕였죠.

주저하는 근본주의자

지금 돌아보면, 그 상황에 대칭되는 어떤 게 있었던 것 같아요. 뉴욕에서 나는 라호르에 있는 내 가족이 빠져나오는 사회 계급 속으로 들어가고 있다고 느꼈던 것 같아요. 어쩌면 그래서 내가 새로운 환경에서 상당히 편안함과 만족감을 느꼈던 것 같아요. 하지만 그 당시, 내 행복의 훨씬 더 큰 부분은 에리카와 자주 같이 있는 것이었어요. 나는 몇 시간 동안 그녀를 지켜볼 수 있었어요. 과장이 아니에요. 그녀가 서 있는 당당한 자태, 호리호리하지만 탄탄한 팔과 어깨, 내가 그리스에서 보았던 가슴에 대한 기억을 떠올리게 만드는 옷. 이 모든 것들이 나를 욕망으로 채웠어요.

하지만 보호 본능이 발동하기도 했어요. 우리가 완벽하게 옷을 입은 사람들 가운데 서 있거나 앉아 있을 때, 그녀는 종종 완전히 고립되어 자기만의 세계에 빠져 있었어요. 그녀의 눈은 안으로 향하고 있었어요. 친구들이 하는 말은 호수 표면을 미끄러지는 구름의 그림자처럼 그녀 얼굴에 간접적으로만 효과를 냈어요. 그녀는 다른 사람이 그녀가 냉랭한 것 같다고 말하면, 미소를 지으며 평소처럼 **딴 생각을 하느라** 그랬다고 말했어요. 하지만 단지 방심해서 그런 건 아닌 것 같았어요. 그녀는 자신을 안으로 끌어당기는 물살에 저항하고 있었어요. 그녀의 미소에는 자신이 깊숙한 곳으로 빠져 숨을 쉴 수 없게 될지 모른다는 두려움이 있었어요. 나는 그 순간, 그녀가 모르는 사이에 그녀를 위해 닻이 되어 주고 싶었어요. 나는 그녀에게 그 역할을 해 줄 누군가가 필요하다고 생각했어요. 나는 그렇게 하는 최선의 방법이 그녀에게 최대한 가까이 가는 것이라는 걸 알게 됐어요. 예를 들어, 실제로 만지지는 않고 가능한 가까이에서 테이블 위에 내 손을 올리는 것 같은 행동을 통해서 말이죠. 그렇게 하면서 내가 가까이 있는 걸 그녀가 알기를 기다렸던 거죠. 그러면 그녀는 꿈에서 깨어나듯 고개를 흔들고 나를 살짝 껴안으며 우리 사이의 간격을 메웠어요.

에리카에게 입맞춤하고 싶은 마음을 억제한 것은 어쩌면 그런 보호 본능 때문이었을지 몰라요. 첫사랑에 동반되는 수줍음과 두려움 때문이었는지도 모르죠. 여하튼 그렇게 여러 주가 지났어요. 그런데 어느 날 밤이었어요. 이스트빌리지에서 미얀마 음식을 먹고 난 후였어요. 에리카는 그녀의 친구들이 택시를 불러 흩어지기 시작할 때, 나를 붙들고 말했어요. "얘기하고 싶은 게 있어요. 축하하고 싶어요." 내가 물었어요. "뭘요?" 그녀가 양손 손가락 끝을 서로 댄 채 누르고 함박웃음을 지으며 말했어요. "나한테 에이전트가 생겼어요!" 그녀는 처음에는 원고를 이곳저곳에 마구 보냈는데 실패했대요. 그런데 최근에 가족의 지인이 속해 있는 에이전시에 원고를 보냈더니 주니어 에이전트가 그날 오후에 연락해 대행을 해 주겠다고 했대요. 에이전트는 유일하게 염려되는 건 분량—그의 말에 따르면 중편 소설은 일종의 오리너구리래요.—인데, 생각을 해 보더니 출판업자들을 설득할 수 있겠다고 말했대요. 나는 그녀에게 축하한다고 하고 그녀가 그날 저녁에 택하는 어떤 모험이든 기꺼이 같이하겠다고 말했어요. 그녀는 샴페인을 큰 병으로 하나 사서 내 아파트

주저하는 근본주의자

로 가자고 제안했어요. 공교롭게 모퉁이만 돌면 내 아파트였어요.

　그녀는 그것이 세상에서 가장 자연스러운 일인 것처럼 그렇게 말했어요. 나는 좋다는 듯한 미소를 최대한 편하게 지어 보였어요. 하지만 우리 행동에 큰 의미가 있다는 건 우리 두 사람에게 분명해 보였어요. 여하튼 이렇게 말해도 괜찮을 것 같아요. 처음에는 술집에서 잔돈을 찾으려고 할 때도 그랬고, 나중에는 건물 앞 계단에서 열쇠를 찾으려고 호주머니를 뒤질 때도, 나답지 않게 손놀림이 어색했어요. 그날은 날씨가 쌀쌀한 10월 어느 날이었어요. 에리카는 따뜻한 옷을 입고 있었어요. 안에 들어가자 그녀는 소매 없는 재킷과 면 스웨터를 차례로 벗고 청바지와 티셔츠 차림이 되었어요. 양초가 없어서 나는 텔레비전을 켜고 소리를 죽였어요. 그러자 방 안이 반짝이는 희미한 빛으로 가득해졌어요. 우리는 내가 작은 아버지로부터 졸업 선물로 받은 화려한 은색 컵에 샴페인을 따라 마셨어요. 그러자 샴페인에서 쇠맛이 났어요. 하지만 싫지 않았어요. 사실, 다소 이국적인 맛이었어요.

　에리카가 말했어요. "오늘 태권도 연습을 하다가 얻어맞았어요. 대련을 하는데, 아주 날렵한 여자와 붙었지 뭐예요. 그 여자가 내 겨드랑이 밑을 공격했어요. 바로 여기요." 그녀는 이 말을 하면서 자기 몸을 만졌어요. "숨을 쉬면 느껴져요. 타박상이 좀 심해요." 그녀는 나를 바라보았어요. 나는 내 무릎에 남아 있는 수술 자국을 만져 봤어요. 그러자 에리카가 말했어요. "볼래

요?" 나는 그녀가 농담을 하는지 확인하려고 그녀를 바라보았
어요. 농담을 하는 것 같지 않았어요. 그래서 나는 그 순간, 내
목소리를 믿을 수 없어서 고개만 그냥 끄덕였어요. 나는 그녀가
티셔츠를 살짝 들어 올릴 거라고 생각했어요. 그런데 그녀는 티
셔츠를 아예 벗어 버리고 한쪽 팔을 들었어요. 나는 그녀를 빤
히 쳐다보았어요. 그녀가 비키니를 입은 모습을 전에 본 적이
있어요. 사실, 웃통을 완전히 벗은 걸 본 적이 있죠. 하지만 그녀
가 브래지어만 걸치고 내 침대소파에 앉아 있을 때, 그렇게 벌
거벗은 모습을 전에 본 적이 없는 것 같았어요. 그녀의 몸에는
선탠을 한 흔적이 사라지고 없었어요. 그녀의 몸은 텔레비전 불
빛 때문에 거의 푸른색이 돌았어요. 그녀는 내가 기억하는 것보
다 훨씬 더 탄탄해 보였어요. 그녀는 이 세상 사람이 아닌 것 같
았어요. 만화 소설에서 튀어나온 사람 같았어요. 나는 그녀의
몸에 난 상처에 정신을 집중하려고 했어요. 갈비뼈 위쪽이 브래
지어 끈으로 나뉘어 시커멓게 멍들어 있었어요.
　나는 아무 생각 없이 손을 뻗었어요. 그리고 머뭇거렸어요.
그녀가 나를 조심스럽게 쳐다보았어요. 하지만 표정은 변하지
않았어요. 그래서 나는 상처에 손가락을 댔어요. 내가 자신의
갈비뼈를 따라 손가락을 움직일 때, 그녀는 손을 올려 머리 뒤
에 대고 있었어요. 나는 그녀의 살갗에 소름이 돋는 걸 느꼈어
요. 나는 그녀를 끌어당겨 부드럽게 안고, 처음에는 이마에, 다
음에는 입술에 키스를 했어요. 그녀는 반응하지 않았어요. 저항
하지도 않았어요. 내가 그녀의 옷을 벗길 때, 그저 가만히 있었

어요. 이따금 그녀가 나한테 매달리는 게 느껴졌어요. 그녀가 희미하게 헐떡거리는 소리가 들렸어요. 대부분 그녀는 움직이지 않고 조용히 있었어요. 나는 욕망에 사로잡혀 자존심이 상하는 걸 무시하고 계속했어요. 그녀의 몸에 들어가는 게 어려웠어요. 그녀는 흥분하지 않은 것 같았어요. 그녀는 내가 그녀의 몸속에 있는 동안 아무 말도 하지 않았어요. 하지만 나는 그녀가 불편해하는 걸 느낄 수 있었어요. 그래서 나는 억지로 그만뒀어요.

그녀가 말했어요. "미안해요." "아니, 내가 미안해요. 당신은 이게 싫은가 보군요." "모르겠어요." 그녀의 눈에 눈물이 그렁그렁한 걸 본 건 그때가 처음이었어요. "흥분이 안 돼요. 뭐가 문제인지 모르겠어요." 나는 그녀를 껴안았어요. 우리가 그렇게 누워 있을 때, 그녀는 내가 크리스 이후로 같이 잔 첫 번째 남자라고 말하더군요. 사실, 그때까지 크리스 말고는 **유일한** 남자라고 하더군요. 그녀는 성에 대한 감각이 그가 죽은 후로 거의 정지한 상태라고 했어요. 그녀가 오르가슴을 경험한 건 딱 한 번뿐이라고 했어요. 그것도 크리스를 상상하며 경험한 거라고 했어요. 나는 무슨 말을 해야 할지 몰랐어요. 그녀를 위로해 주고, 그녀의 마음속에 들어가 그녀를 덜 외롭게 해 주고 싶었어요. 그래서 나는 그녀에게 그에 대해 더 얘기해 달라고 했어요. 그들이 어떻게 키스를 했는지, 어떻게 사랑을 했는지, 얘기해 달라고 했어요. 그녀가 물었어요. "정말로 알고 싶어요?" 나는 그렇다고 대답했어요. 그러자 그녀가 얘기를 했어요.

전에 들어서 그들의 이야기를 조금은 알고 있었어요. 그런데 그날 밤, 나는 다 알게 됐어요. 그중 일부는 나한테 친숙한 것 같았어요. 나중에 나는 그 친숙함이 그녀가 얘기할 때의 **감정**, 그녀가 내 안에 불러일으킨 것과 비슷한 감정이라는 걸 깨달았어요. 나는 나 자신을 그 상황으로 분리해 그녀의 이야기를 들으려 했어요. 내가 그녀를 위해 가슴 아파하지 않고, 또 동시에 그녀가 의도하지 않았음에도 그녀의 몸이 나를 거부했다는 것에 마음의 상처를 받지 않은 것처럼 말이죠. 지금 생각해 보면, 어느 정도까지는 성공했던 것 같아요. 그게 지금도 놀라울 뿐이죠. 그들의 이야기는 내 마음에 생생하게 남아 있어요. 하지만 그 이야길 지금 되풀이하지는 않을게요. 그들의 사랑이 유별났다고 말하는 것으로 충분할 것 같아요. 크리스가 죽었을 때, 에리카가 자신을 잃어버렸다고 느꼈을 정도로, 자신과 상대가 뒤섞일 정도로 유별난 사랑이었던 것 같아요. 그녀는 자신을 찾을 수 있을지 모르겠다고 했어요.

하지만 그에 관해 얘기할 때, 그녀의 목소리에 생기가 도는 것 같았어요. 나는 그녀의 벌거벗은 몸이 내 옆에서 부드러워지는 느낌을 받았어요. 그녀의 눈이 생기를 띠었어요. 눈이 더 이상 안을 향하지 않았어요. 그녀는 내게 나의 **경험**에 대해 물었어요. 파키스탄에서는 십 대들이 어떻게 성을 대하고 관계는 어떤지 물었어요. 나는 그녀에게 미국에 오기 전에는 성에 관해서는 거의 아무것도 한 게 없다고 말했어요. 나의 관계라는 것은 그녀가 방금 얘기했던 것에 비하면 아무것도 아니었어요. 하지만

주저하는 근본주의자

나는 그런 관계들이 나름으로 재미있었다며, 라호르에서 있었던 일을 그녀에게 얘기해 줬어요. 몇 시간 동안 그랬던 것 같아요. 어떤 경우에 나는 하늘의 별들을 바라보는 것처럼 천장을 바라보기도 했어요. 그러면서 우리는 웃기 시작했어요. 나는 마침내 우리가 같은 침대에서 편안해졌다고 느꼈어요. 밖이 밝아지기 시작했어요. 나도 모르게 나오는 하품을 참아야 했어요. 그녀는 자기도 졸립다며, 내가 어떤 약보다도 더 효과적으로 그녀를 편안하게 만들었다고 말했어요. 우리는 그렇게 잠이 들었어요. 서로를 껴안고 잔 게 아니라 어깨를 맞대고 손가락이 서로의 옆구리에 닿은 상태로 잤어요. 나는 우리가 했던 이야기 때문에 에리카가 아니라 고향에 관한 꿈을 꿨던 것 같아요. 그녀가 무슨 꿈을 꿨는지는 알지 못했죠.

그런데 당신은 다소 특이한 표정으로 나를 바라보고 있군요. 낯선 사람인 당신한테 이렇게 사적인 것들을 얘기하는 내가 아주 어리석어 보이나요? 아니라고요? 당신이 그렇게 고개를 움직이니 아니라고 하는 것 같아서요. 내가 늘 이렇게 공개적으로 그 얘기를 하는 건 아니에요. 솔직히 그런 적이 거의 없어요. 하지만 오늘 밤은 우리 두 사람이 생각하는 것처럼, 조금은 **중요한** 밤이잖아요. 적어도 나는 그렇게 생각해요. 하지만 내가 틀렸다면 당신이 나를 아주 한심한 촌놈이라고 생각해도 무방하겠죠.

7

　지금 생각해 보면, 내가 뉴욕에서 나 자신을 위해 만들려고 시도했던 새로운 삶의 토대가 탄탄하다고 믿었는지 어떤지는 잘 모르겠어요. 분명히 믿고는 **싶었죠**. 적어도 나는 주변 세계가 허물어지는 것과 곧 닥칠 내 아메리칸드림의 파멸 사이에 명백한 관련이 있다고 생각하지 않으려고 최대한 노력했다는 건 믿고 싶었죠. 내가 얼마나 앞을 못 보았는지 돌아보면 충격적이에요. 재앙이 다가오고 있다는 징조는 어디에나 있었어요. 뉴스에도, 거리에도, 내가 사랑하게 된 여자의 상태에도 있었어요.

　내가 에리카와 신나게 어울려 다니던 9월과 10월 몇 주 사이에 미국은 점점 더 독선적인 분노에 사로잡혔어요. 내가 당신네 나라에 대해 예상했던 대로, 대군(大軍)이 소집되어 파견되었어요. 그런데 문제는 그들이 우리 고향을 향해, 파키스탄에 있는 내 가족을 향해 파견되었다는 데 있어요. 전화를 해 보니 어머니는 겁에 질려 있었고, 형은 화가 나 있었어요. 그런데 아버지

는 태연하더군요. 모든 게 지나갈 거라고 하더군요. 나는 아버
지가 그렇게 생각하는 걸 보고 안심했어요. 나는 아버지 생각이
내 생각인 것처럼 포장했지요. 어느 날, 언더우드샘슨 식당에서
베이글에 훈제 연어와 크림치즈를 곁들여 식사를 하는데, 웨인
라이트가 걱정스럽게 내 어깨에 손을 얹으며 물었어요. "걱정
돼?" 그래서 나는 파키스탄이 미국을 지원하기로 약속했고, 복
수하겠다는 탈레반의 위협은 의미 없으며, 내 가족은 괜찮을 거
라고 말해 줬어요.

나는 파크펀자브델리에서 엿들은 소문들을 가능한 무시했어
요. 파키스탄 택시 기사들이 죽을 정도로 두들겨 맞았다고도 하
고, 연방수사국이 사원과 가게와 사람들의 집까지 급습했으며,
이슬람 신도들이 사라지고 심문이나 더 나쁜 짓을 위해 음산한
구치소로 끌려갔다는 소문들이었어요. 나는 그런 이야기들이
대부분 사실이 아닐 거라고 생각했어요. 사실이라는 근거가 있
는 몇 안 되는 이야기들을 과장하고 있는 게 거의 확실하다고
생각했어요. 게다가 유감스럽게도 발생한 그런 드문 나쁜 사건
들이 나에게 영향을 미칠 것 같지는 않았어요. 그런 일들은 다
른 나라에서와 마찬가지로 미국에서도 변함없이 불운한 가난뱅
이들한테 일어나지, 일 년에 8만 달러를 버는 프린스턴 졸업생
들한테는 일어날 수가 없다고 생각했던 거죠.

그래서 나는 현실을 부정하며 내 일에 집중할 수 있었어요.
승승장구하면서 말이죠. 필리핀에서 했던 일로 뛰어난 평가를
받은 후로, 나는 짐이 총애하는 부하 직원이 되었죠. 그는 나에

게 다른 임무를 맡겼어요. 이번에는 재정 문제가 있는 케이블 서비스를 평가하는 일이었어요. 그 회사의 본사는 뉴저지에 있었어요. 나는 날마다 그곳으로 통근하기 시작했죠. 그 회사는 당시 기술 산업 전반, 특히 소규모 브로드밴드 업체들에 대한 투자자들의 신뢰가 떨어지면서 심각한 타격을 입고 있었어요. 빚을 청산할 능력이 거의 없어 주된 합병 대상이었어요.

그 경우, 우리 의뢰인은 미래 성장 가능성에는 관심이 없었어요. 우리 일은 지방질을 얼마나 잘라 낼 수 있느냐를 결정하는 것이었어요. 콜 센터는 외주를 줄 수 있다는 게 확실했어요. 트럭을 운전하는 기술자 파견을 줄이고, 구매 부문은 우리 의뢰인의 기존 시스템에 통합하여 운영할 수 있겠다 싶었어요. 인원 감축 가능성도 많았어요. 그래서 우리 팀은 회사 직원들로부터 냉대를 받았어요. 우리 전화와 팩스가 이상하게 작동을 하지 않기도 하고, 우리가 달고 다니는 안전 배지와 공책들이 없어지기도 했어요. 이따금 주차장에 가면 내 렌터카 타이어 중 하나가 펑크 나 있었어요. 그런 일이 너무 잦았으니 단순한 우연일 수가 없었죠.

한번은 짐이 왔을 때, 그런 일이 벌어졌어요. 그는 나한테 도시로 태워다 달라고 했어요. 내가 스페어타이어를 꺼내자 그는 고개를 저으며 말했어요. "찬게즈, 이런 일에 흔들리지 마. 시간은 오직 한 방향으로만 가니까. 그걸 기억해. 모든 건 늘 변해." 그는 자신의 탄탄한 방수 시계 줄을 헐렁하게 해서 손가락까지 내려가게 했어요. 그가 말을 이었어요. "내가 대학에 다닐 때는 경기가 나빴어. 1970년대였으니까. 스태그플레이션이었지. 그런데 바로 거기에 기회가 있었지. 미국이 제조업에서 서비스업으로 바뀌고 있었던 거야. 대단한 변화였지. 우리가 그때까지 본 그 어느 것보다 큰 변화였어. 내 아버지는 손으로 뭘 만들며 살다가 돌아가셨어. 그래서 그런 시대가 끝났다는 걸 나는 아주 가까이에서 보았던 거지." 그는 풀어졌던 시계를 다시 차더니 주먹을 쥐고 두툼한 팔뚝을 천천히 양쪽으로 흔들었어요. 시계가 자리를 잡을 때까지 말이죠. 그의 동작은 거의 의식(儀式) 같았어요. 시합에 나가기 전에 장갑을 끼는 야구 선수나 기사처럼 말이죠.

짐이 말을 이었어요. "경제는 동물이야. 발전하지. 처음에는 근육을 필요로 했지. 그런데 나눠 줄 수 있는 모든 피가 뇌로 몰려가고 있었어. 그곳이 내가 있고 싶었던 곳이야. 재정 말이야. 기획 업무. 그게 **자네**가 있는 곳이고. 자네는 인류가 더 이상 필요로 하지 않는 몸의 일부에서 나온 피야. 꼬리뼈지. 나처럼 말이야. 우리는 쇠퇴해 가던 곳에서 나온 거지." 나는 타이어를 교체하고 트렁크를 닫고 문을 열었어요. 그가 내 옆에 앉아 안전벨트를 하고 우리가 방금 나온 어두운 건물을 향해 고개를 끄덕이며 말했어요. "사람들 대부분은 그 사실을 알지 못하고 변화에 저항하지. 힘은 변화**되는 데서** 나오는 법이야."

나는 짐이 했던 말을 생각해 보았어요. 그날 저녁, 맨해튼으로 갈 때도 그랬고, 이후 몇 주 동안도 계속 그랬어요. 그의 말에는 사실에 부합되는 면이 있었어요. 하지만 나는 내가 살았던 곳이 쇠퇴해 가는 곳이라는 생각이 불편했어요. 그래서 그의 짤막한 훈계의 긍정적인 면을 생각하려고 했어요. 내가 인류에게 더욱 중요해지고, 따라서 앞으로 더 많은 보상을 받게 될 가치 있는 분야를 선택했다고 생각한 거죠. 또한 나는 그해 가을 뉴저지 산업 단지에서 일할 때, 우리 주변에 들끓던 분노가 잘못되거나 적어도 근시안적이라는 걸 더 잘 알 수 있게 되었죠.

하지만 내가 완전히 침착해졌다고 말하면 사실이 아닐 거예요. 케이블 회사 직원 중에는 나이 든 사람들이 있었어요. 나는 종종 식당에서 그들 가까이에 앉아서 식사를 했어요. 물론 같은 테이블에는 앉았던 적이 없어요. 우리 팀이 앉는 자리 옆은 늘 비어 있었으니까요. 나는 그들 중 상당수에게 내 나이 또래 자식들이 있을 거라고 상상했어요. 만약 우르두어처럼 영어에 '당신'에 대한 경어가 있다면, 나는 아무런 망설임 없이 그들에게 경어를 썼을 거예요. 그런데 우리 상호 관계의 본질은 내가 그들에게 존경이나 동정을 표시할 여지를 거의 주지 않았어요. 나는 웨인라이트와 같이 주말에 야근을 많이 했는데, 언젠가 그런 생각을 그에게 얘기한 적이 있어요. 그랬더니 그가 말했어요. "친구, 자네는 그 **남자**를 위해 일하는 거야. 아무도 자네한테 오리엔테이션에서 그런 얘기를 해 주지 않았어?" 그는 나에게 피곤한 미소를 지어 보이더니 말을 이었어요. "하지만 자네 고향 상황이 어떤지는 이해해. 자네가 그 일을 하든 안 하든, 협상은 계속 진행될 거라는 점만 기억해. 그리고 근본적인 것에 집중하라고."

주저하는 근본주의자

근본적인 것에 집중하라. 이것이 근무 첫날부터 우리한테 반복하여 주입된 언더우드샘슨의 기본 원칙이었어요. 자산 가치를 결정하는 진짜 본질을 파악하면서 재정에 관한 사항에만 신경 쓰라는 것이었어요. 그리고 그것이 정확하게 내가 해 왔던 일이었고요. 종종 기술과 열정을 동원해서 말이죠. 정말로 솔직히 말하면, 내가 곧 해고당할 직원들을 그렇게 자주 안쓰럽게 생각한 건 아니었어요. 우리가 하는 일은 전력투구를 요구해서 그렇게 심란한 생각을 할 시간이 별로 없었던 거죠.

그런데 10월 하순쯤, 내 평정심을 흩뜨려 놓은 일이 벌어졌어요. 에리카와 내가 사랑을 하려다가 실패한 직후였어요. 정확하게 기억할 수는 없지만, 하루나 이틀 지났을 때였던 것 같아요. 아프가니스탄 폭격이 벌써 보름 동안 진행되고 있었어요. 나는 저녁 뉴스를 보지 않으려고 했어요. 21세기 첨단 무기를 탑재한 미국 폭격기들과, 장비도 형편없고 먹는 것도 변변치 않은 아프간 부족민들 사이의 어울리지 않는 싸움을 일방적으로 응원하면서 스포츠 경기처럼 중계하는 걸 보고 싶지 않았기 때문이죠. 내가 그런 뉴스를 보는 건 아주 드물었어요. 예를 들어, 술집이나 케이블 회사 사무실 입구에서 본 적은 간혹 있었죠. 그럴 때마다 「터미네이터」라는 영화가 생각나더군요. 그런데 역할이 바뀌어 기계가 영웅 배역을 맡았더군요.

하지만 나를 흔들어 놓은 건 내가 텔레비전을 직접 틀었을 때였어요. 나는 자정이 넘은 후에 뉴저지에서 집으로 온 참이었어요. 나는 마음을 진정시키는 시트콤을 보려고 채널을 돌리고 있었어요. 그러다가 우연히 미군이 탈레반 본거지를 공격하기 위해 밤에 아프가니스탄으로 낙하하는 모습을 보게 됐어요. 내 반응에 나는 깜짝 놀랐어요. 아프가니스탄은 파키스탄의 이웃이자 우리의 친구였어요. 게다가 같은 이슬람 국가였어요. 당신네 나라 사람들이 침략하기 시작하는 걸 보면서 나는 분노로 몸을 부들부들 떨었어요. 나는 마음을 진정시키려고 자리에 앉아야 했어요. 위스키 병을 삼분의 일쯤 비우고 나서야 잠이 들 수 있었어요.

다음 날 아침, 나는 처음으로 늦게 출근했어요. 늦잠을 잔 거죠. 일어나니까 머리가 몹시 아프더군요. 분노는 누그러져 있었어요. 나는 그 분노가 전적으로 상상이었던 거라고 가장하고 싶었지만, 더 이상 그렇게 완전히 나를 기만할 수가 없었어요. 하지만 나는 내가 과민 반응을 했으며, 세계에서 일어나는 모든 사건들이 내 개인적인 삶과는 전혀 관련 없는 무대에서 일어나고 있다고 스스로에게 말했어요. 하지만 나는 내 안에서 타다 남은 불이 계속 타는 걸 끊임없이 의식했어요. 그러자 전에는 그렇게도 잘해 왔던 기본적인 것들에 집중하는 게 어려웠어요.

그런데 이 소리 좀 들어 보세요! 마대 속에 갇힌 사자 새끼가 으르렁거리는 것 같은 소리 들었나요? 먹을 것이 안 들어오니까 내 배가 아우성을 치는 소리랍니다. 이제 식사를 주문하시죠. 기다렸다가 호텔로 돌아가서 먹겠다고요? 아니죠, 여기서 먹어야죠! 라호르 요리를 맛볼 수 있는 기회를 놓치면 안 되죠. 여기에서는 진짜 고기 요리가 나와요. 이 시장에서 유명한 요리죠.

주저하는 근본주의자

인간이 콜레스테롤에 대해 알게 되면서 동물을 두려워하기 전으로 거슬러 올라가는 요리예요. 그래서 더욱 좋은 거죠.

우리 파키스탄인들이 우리 음식에 너무 심하게 자부심을 갖는 경향이 있는 건 아마 우리가 지금 부와 힘이 없고 스포츠도 잘하지 못하기 때문인지도 몰라요. 우리 변덕스러운 크리켓 팀이 이따금 잘하긴 해도 말이죠. 아나르칼리 옛 시가지에서는 순수한 음식만 내놓는데, 자부심의 증거죠. 여기 식당들 어느 곳에도 서양 음식은 메뉴에 없어요. 우리는 양고기 케밥, 닭고기 티카, 염소 족발 요리, 양념된 양 뇌로 둘러싸여 있어요! 이런 것들이 진미죠. 사치스럽게, 원 없이 먹을 수 있는 **야성적인** 진미랄까요. 국경 너머 동쪽까지 채식 요리가 없어요. 당신네 나라에 그렇게도 흔한 살균되고 소독되고 가공된 고기도 없어요! 우리는 우리 욕망의 결과에 관해서는 그렇게 까다롭지 않답니다.

우리가 외국의 원조와 기부에 의존하며 늘 빚에 허덕인 건 아니었으니까요. 우리가 우리 자신에 대해 하는 얘기에 나오는 우리는 당신네 텔레비전 채널에 나오는 것처럼 미치고 가난한 과격주의자들이 아니라 성인들과 시인들과 용감무쌍한 왕들이었어요. **우리는** 이 도시의 사원과 샬리마르 정원을 만들었어요. **우리는** 거대한 담과 전투용 코끼리들을 위한 넓은 비탈길이 있는 라호르 요새를 만들었어요. 당신네 나라가 아직 대륙의 가장자리를 야금야금 먹어 가는 작은 식민지 열세 개의 집합체였을 때, 우리는 이런 것들을 해냈단 말입니다.

내가 또 목소리를 높여 당신을 다소 불편하게 만들고 있군요.

미안해요. 무례할 생각은 없었어요. 여하튼, 당신에게 내가 왜 미국 군대가 아프가니스탄에 들어가는 것을 보고 화를 냈던 걸 에리카에게 얘기하지 않았는지 설명해 줘야겠군요. 에리카에게 에이전트가 생긴 것을 내 침대에서 축하했던 그날 밤 이후로, 에리카와 연락이 닿지 않았어요. 그녀는 전화를 해도 받지 않았고 메시지를 남겨도 답장을 안 했어요. 나는 그녀의 행동에 상처를 받았어요. 그녀의 침묵을 몰인정으로 해석했던 거죠. 그러다가 결국 그녀가 나에게 술 한잔하자고 하더군요. 나는 기분이 좋지 않았어요. 내가 본 것에 전혀 마음의 준비가 안 되어 있었어요.

카운터에 쇠약해진 에리카가 있었어요. 그녀는 내가 알던 생기발랄하고 당당한 여자가 아니라 낯선 사람이라고 해도 될 만큼 창백하고 불안해 보이는 사람이 되어 있었어요. 살도 빠진 것 같았어요. 그녀는 술집을 둘러보고 있었어요. 그녀가 미소를 짓고 나서야 예전의 에리카가 살짝 엿보였어요. 하지만 그 미소는 그녀 얼굴에 나타난 것처럼 빠르게 사라졌어요. 그녀가 다시 미소를 짓는 걸로 보아 내가 몹시 놀랐던 모양이에요. 그녀가 말했어요. "내가 그렇게 안 좋아 보여요?" "아니, 전혀 안 그래요. 조금 피곤해 보일 뿐이에요. 아팠어요?" "예. 미안해요, 더 빨리 연락하지 못해서요." "괜찮아요. 내가 골칫거리가 아니었으면 좋겠네요." "그럴 리가 있나요. 내 상태가 좀 안 좋았어요. 전에도 그런 적이 있어요. 하지만 크리스가 죽고 나서 처음으로 그랬던 것 말고는 이런 적이 없었어요."

주저하는 근본주의자

우리는 주문을 했죠. 나는 맥주를 주문했고 그녀는 물 한 잔을 주문했어요. 나는 그녀를 껴안을까 하다가 그러지 않기로 했어요. 만지면 부서질 것 같았어요. 그녀가 말을 이었어요. "무슨 일이냐면 내 마음이 빙글빙글 돌아가면서 생각에 생각만 계속하는 거예요. 그렇게 되면 잠을 잘 수가 없게 돼요. 잠을 자지 않고 이틀이 지나면 아프기 시작하죠. 먹을 수도 없어요. 그러면 울기 시작하죠. 악순환이죠. 의사한테 더 강력한 걸 처방받았어요. 그래서 다시 잠을 자고 있어요. 그런데 진짜 잠은 아니에요. 그래서 하루 내내, 정신이 없어요. 비행기에서 내렸을 때 제대로 들리지 않는 것과 마찬가지죠. 그래요. 그런데 청각만이 문제가 아니에요. 귀가 뚫리지를 않아요." 그녀는 물을 한 모금 마시더니 나를 향해 윙크를 하고 말했어요. "이상하죠?"

나는 거기에 말없이 서 있었어요. 무슨 말을 해야 할지 생각할 수도 없었고 그녀를 향해 미소를 짓는 것조차 할 수 없었어요. 소름이 돋더군요. 하지만 그녀는 내가 무슨 말을 하기를 기다리고 있었어요. 그래서 나는 말했죠. "당신을 그렇게 흔들어 놓는 게 뭐라고 생각해요?" "크리스에 대해 많이 생각해요. 나에 대해서도 생각하고요. 이따금 아주 어두운 생각들을 해요. 그리고 당신을 생각해요." 내가 물었어요. "나에 대해서 어떤 걸 생각해요?" "당신이 이 상태에서 나를 만나는 건 좋지 않은 일이라고 생각해요. 내 말은, 당신을 위해 좋지 않다는 의미예요." 나는 놀랐지만 이렇게 말했어요. "아니, 나는 당신을 만나고 싶어요." 그녀가 심각하게 내 눈을 들여다보며 말했어요. "그게 내 말이에요. 알아듣겠어요? 그게 내 말이라고요."

나는 조금도 이해하지 못했어요. 나는 그녀에게 집으로 같이 가자고 했어요. 그녀가 말했어요. "그래서는 안 될 것 같아요. 정말이에요." 하지만 그녀의 표정에는 부드러움이 있었어요. 그래서 내가 우기자, 그녀가 드디어 그러겠다고 했어요. 택시를 타고 가면서 나는 무슨 일이 일어나고 있는지 이해하려고 노력했어요. 나는 지난 몇 주 동안 에리카의 남편이 되는 백일몽에 젖어 있었거든요. 내 말이 감상적이고 구태의연하게 들릴지 모르지만, 나는 연애 기간이 짧은 게 규범인 집에서 자란 사람이 잖아요. 그런데 나는 그때, 그런 백일몽만이 아니라 그 여자가 내 눈 앞에서 사라지고 있다는 걸 알았어요. 나는 그녀를 도와주고 싶었어요. 그녀를 붙들고 싶었어요. 사실, 나는 **우리를** 붙들고 싶었어요. 나는 그녀를 정신병의 미로에서 필사적으로 빼내고 싶었어요. 하지만 어떻게 해야 하는지 알지 못했어요.

내 침대에서 그녀는 나한테 안아 달라고 했어요. 그래서 나는 그렇게 했죠. 그리고 그녀의 귀에 대고 조용히 얘기했어요. 나는 그녀가 파키스탄에 관한 내 얘기를 듣기 좋아한다는 걸 알았어요. 그래서 내 가족과 라호르에 관해 두서없이 얘기를 했죠. 내가 그녀에게 키스하려고 했을 때, 그녀는 입술을 움직이지도 않고 눈을 감지도 않았어요. 그래서 나는 그녀의 눈을 감겨 주면서 물었어요. "크리스가 보고 싶어요?" 그녀가 고개를 끄덕였어요. 나는 그녀의 눈에서 눈물이 흐르기 시작하는 걸 보았어요. "그렇다면 내가 그라고 생각해 봐요." 나는 내가 왜 그렇게 말

주저하는 근본주의자

했는지 몰랐어요. 정신을 못 차리고 있었죠. 갑자기 그것이 가능한 하나의 방법 같았어요. "뭐라고요?" 그녀는 이렇게 말했지만, 눈을 뜨지는 않았어요. 내가 다시 말했어요. "내가 그라고 생각해요." 그리고 천천히, 어둠 속에서 말없이, 우리는 했어요.

그다음 있었던 일에 대한 내 경험을 어떻게 묘사해야 할지 모르겠어요. 물론 나는 내가 어떤 것에 **씌었다고는** 말할 수 없어요. 하지만 동시에, 나 자신인 것 같지도 않았어요. 마치 우리가 마술에 걸려 내가 크리스이고 그녀가 크리스와 같이 있는 세계로 이동한 것 같았어요. 우리는 에리카와 내가 결코 즐기지 못했던 육체적인 친밀감을 느끼며 사랑을 했어요. 그녀의 몸은 더 이상 내 몸을 거부하지 않았어요. 나는 그녀가 눈을 감는 걸 보았어요. 그녀는 감긴 눈으로 **그를** 보고 있었어요.

나는 아직도 그녀의 근육이 기억나요. 수척하니까 더욱 두드러져 보이더라고요. 내가 가슴을 만질 수 있게 내게 몸을 맡겼을 때, 그녀의 살에서 느껴지던 부드러움과 서늘함도 생각나요. 다리 사이의 입구는 축축하고 열려 있었는데, 동시에 이상하게도 굳어 있었어요. 내키지 않는 뭔가가 있었다고나 할까요. 나는 상처를 받았던 일이 떠올라서, 부드럽게 움직이려고 했는데도 우리의 섹스는 조금 격렬해졌어요. 피 냄새가 나는 것도 같았어요. 하지만 그녀가 월경 중인지 손가락을 뻗어 확인해 봐도 아무것도 없었어요. 그녀는 마지막에 몸을 떨었어요. 슬프게도, 거의 죽을 듯이 말이죠. 그녀가 몸을 떨자 나도 떨었어요.

우리가 누워 있을 때 그녀는 말했어요. "당신은 친절한 사람

이에요. 이렇게 말하는 게 어리석게 들리지만 사실이에요." 나
는 그녀를 껴안고 아무 말도 하지 않았어요. 나는 내가 전에, 혹
은 그 후로 느끼지 못했던 걸 느꼈어요. 나는 아직도 그걸 생생
하게 기억해요. **만족스럽기도 하고 수치스럽기도 했어요.** 내 만족감
은 이해받을 수 있는 것이었죠. 그런데 수치심은 더 혼란스러운
것이었어요. 어쩌면 나는 다른 사람이 됨으로써 나 자신의 눈에
나의 품위를 떨어뜨렸는지도 모르죠. 어쩌면 나는 이상한 낭만
적 삼각관계에서 죽은 사람이 계속 우위를 점하는 것에 모욕감
을 느꼈던 건지도 몰라요. 어쩌면 나는 내가 이기적으로 행동하
는 건 아닐까 걱정했고 당시에도 내가 에리카에게 끔찍한 해를
끼쳤다고 느꼈는지도 몰라요. 하지만 마지막 말은 사실이 아니
었으면 좋겠어요. 이후 몇 주, 몇 달에 걸쳐 그녀에게 일어날 일
을 알 수는 없었으니까요.

에리카는 그날 밤 약 없이 잠이 들었어요. 나는 깨어 있었어
요. 아직 아무것도 먹지 못했기 때문이기도 했어요. 나는 그녀
를 깨울까 봐, 일어나서 냉장고에 가는 걸 머뭇거렸어요. 하지
만 그녀는 어린아이처럼 깊이 잠들어 있었어요. 그래서 나는 일
어났죠. 빵만 먹고 물만 마셨어요. 무미한 식사였죠. 그래도 나
는 배가 부를 때까지 계속 먹고 마셨어요. 침대로 돌아왔을 때
는 내 앞쪽으로 팽팽한 북을 묶어 놓은 것 같았어요. 그래서 어
쩔 수 없이 옆으로 누웠어요.

주변도 어두컴컴하고 당신 얼굴도 무표정해 말하기가 어렵지
만, 내 생각에 당신은 약간 혐오감을 느끼며 나를 바라보는 것

같군요. 내가 당신에게 했던 얘기를 **당신이** 나한테 했다면, 나도 당신을 그런 식으로 볼 게 분명해요. 하지만 혐오감 때문에 당신 식욕이 달아나지 않았으면 좋겠네요. 웨이터를 불러 주문을 받으라고 할 참이니까요. 오늘 밤 식사는 무미한 것과는 거리가 멀어도 한참 멀 거예요. 웨이터가 오는군요. 좋은 사람이에요!

8

가만 보니까, 우리 웨이터가 당신을 계속 불편하게 하는 모양이군요. 나도 그가 위압적으로 생긴 친구라는 건 인정해요. 당신보다도 키가 크잖아요. 하지만 얼굴이 왜 저렇게 딱딱하고 쭈글쭈글한지는 쉽게 설명할 수 있어요. 사는 게 쉽지 않은 북서쪽 산간 지역 출신이라서 그래요. 당신 생각에 그가 당신을 싫어하는 것 같으면 그냥 무시하세요. 그의 부족은 우리나라와 아프가니스탄 경계선 양쪽에 살아요. 그래서 당신네 나라 사람들의 공격에 고통을 당했어요.

그가 기도를 하고 있느냐고요? 아뇨, 전혀 아니에요! 형식적으로 기억해서 말하는 데다가 리듬감이 있어서 기도와 다르지는 않지만, 사실은 우리가 주문할 걸 전달하는 거예요. 당신네 나라에서 특별 요리를 소개해 줄 때 그러듯이 말이죠. 물론 여기에 특별 요리는 없어요. 우리가 와 있는 이곳에서는 수년 동안 똑같은 음식을 만들었을 거예요. 내가 당신을 위해 번역해

주저하는 근본주의자

줄 수 있겠지만, 여러 가지 요리를 시켜 당신과 내가 같이 먹는 게 더 좋을 것 같아요. 그렇게 하는 영예를 주겠다고요? 고마워요. 그렇다면 됐어요. 저 친구가 가는군요.

내가 드디어 에리카와 사랑을 했던 그날 밤에 느꼈던 불편한 감정에 대해 얘기하고 있었죠. 그날 밤, 우리 관계가 더 정상적이었다면 아주 즐거웠을 거예요. 그녀는 새벽이 되기 전에 깜짝 놀라서 일어나더니 나갔어요. 더 있으라고 해도 집에 가야 한다고 우기더군요. 그 후로 다시 한 번 한동안 연락이 없었어요. 전화를 해도 받지 않았고 메시지를 남겨도 답장을 안 했어요. 나는 전에 교훈을 얻어서 연락하는 걸 단념했다가, 보름 정도 지나자 다시 연락을 했어요. 그랬더니 그녀가 받았어요. 그녀는 전에 그랬던 것처럼, 그렇게 사라져서 미안하다고 했어요. 그녀는 자신에게도 그렇고 나에게도, 서로를 너무 자주 보지 않는 게 좋겠다고 말했어요. 그녀는 만나자는 내 요구에 동의했어요. 그녀가 말했어요. "우리 집으로 와요. 나갈 기분이 아니라서요."

에리카의 아파트에 가자 그녀의 어머니가 문에서 나를 맞았어요. 그녀는 골동 장식품 사이에 분재와 하프시코드가 있는 작은 방으로 나를 데리고 갔어요. 그녀가 말했어요. "얘기를 좀 해야 할 것 같아서요. 에리카가 당신한테 병력에 대해 얘기하던가요?" 내가 고개를 끄덕였어요. 그녀가 말을 이었어요. "그 병이 도졌어요. 그 애한테 지금 필요한 건 안정이에요. 감정적인 큰 변화는 안 돼요. 알아듣겠어요? 나는 당신이 좋은 젊은이라는 걸 알아요. 그리고 나는 그 애가 당신을 좋아한다는 것도 알아요. 하지만 당신은 그 애가 현재 아픈 상태라는 걸 이해해야 해요. 그 애한테는 남자 친구가 아니라 친구가 필요해요." 그녀는 애원하듯 나를 바라보았어요. 내가 말했어요. "알겠습니다. 그것이 최선이라면 어머님이 원하시는 대로 하겠습니다." "고마워요." 그녀가 미소를 지으며 덧붙였어요. "그 애가 당신을 왜 좋아하는지 알 것 같군요."

그 대화는 나한테 상당한 영향을 미쳤어요. 에리카의 상황에 대한 심각한 설명에 놀라긴 했지만, 얘기의 골자가 아니라 그 얘기를 하는 방식 때문이었어요. 에리카의 어머니의 어조는 조용했지만 필사적이었어요. 그것에 나는 놀랐어요. 나는 내가 보게 될 것에 마음의 준비를 하려고 하면서, 에리카의 방에 머뭇머뭇 들어갔어요. 처음에는 특별히 놀랄 것은 없었어요. 에리카는 침대에 누워 있었어요. 열이 있는 것처럼 얼굴이 창백했어요. 머리는 감지 않은 지 오래된 것 같았지만, 겉으로는 기분이 괜찮은 것 같았어요. 그녀는 누운 자리 옆을 손으로 두드렸어요. 내가 옆에 앉자, 그녀는 내가 키스를 하게 자신의 이마를 내어 줬어요.

우리는 특별한 일이 전혀 없었던 것처럼 잠시 얘기를 했어요. 우리는 가장 평범한 상황에서 만나고 있는 것 같았어요. 나는 그녀에게 내가 뉴저지에서 하고 있는 일에 대해 얘기해 줬어요. 케이블 회사 직원들이 우리를 삐딱하게 대하는 것이나 짐이 해준 충고, 그리고 우리가 마지막으로 만났을 때 후로 있었던 일상적인 일들에 관해 얘기했어요. 그녀는 나한테 의사와 약에 대

해 얘기했어요. 약을 먹으면 집중하기가 어려워서 특별히 보여
줄 것도 없이 나날이 흘러가 버리는 것 같다고 했어요. 그녀는
편안하게 얘기했어요. 그 모습을 누군가가 보았다면, 상태가 심
각하지 않고 병이 나아 가고 있다고 생각할 것 같았어요. 그런
데 내가 그녀의 소설에 관해 묻자 달라졌어요.

나는 그 질문을 한 걸 바로 후회했어요. 그녀의 눈이 떠돌기
시작하고, 목소리에 자신이 없어지더군요. 그녀가 말했어요.
"작업을 할 수가 없을 것 같아요. 매번 하려고 할 때마다 그냥
당황스럽기만 해요. 나는 에이전트의 전화를 받지 않고 있어요.
가엾은 사람이에요. 그는 내가 정신병자라고 생각할 게 틀림없
어요." 나는 작가들이 괴짜로 알려져서 그녀의 에이전트가 큰
문제라고 생각하지 않을 것 같다고 말하며, 화제를 바꾸려고 했
어요. 하지만 그녀가 그렇게 하지 않으려 했어요. "그것은 더 이
상 도움이 안 돼요. 나는 안에 갇힌 뭔가를 꺼낼 필요를 느낄 때
마다 글을 쓰곤 했어요. 그런데 지금은 그걸 끌어낼 수가 없어
요. 오히려 그것이 나를 끌어당겨요. 나는 그것을 쓰는 대신, 그
것을 생각해요." 나는 **그것**이 무엇이냐고 묻지 않으려고 노력했
어요. 그 질문에 그녀가 당황할 거라고 생각해서 그랬는지, 아
니면 내가 당황할 거라고 생각해서 그랬는지, 지금은 잘 모르겠
어요. 여하튼 내 뜻대로 되지 않았어요. 그녀가 갑자기 불안하
게 침착해지며 설명했어요. "뭔가 거기에 남아 있는 건지, 아니
면 모든 게 이미 일어난 건지 모르겠어요."

그녀의 말을 듣고, 내가 얼마나 불안했는지 당신한테 묘사할

길이 없네요. 그녀가 눈길을 돌리더군요. 나는 그녀가 안으로 물러나는 걸 보았어요. 나는 그녀를 그녀의 생각 밖으로 끌어내려고, 과거에 무수히 그랬던 것처럼 그녀의 손 옆에 내 손을 놓았어요. 내 손은 건강한 갈색이었고 그녀의 손은 병적으로 창백했어요. 두 손 사이의 거리는 약혼식 반지의 폭보다 크지 않았어요. 하지만 그녀는 나를 알아보지 못했어요. 나는 내가 가까이 있는 것을 그녀가 느끼기를 기다렸어요. 그렇게 일 분이 지났어요. 그녀가 자기 손을 빼 내가 있는 곳을 바라보지도 않고, 무릎에 있던 자신의 다른 손을 잡더군요.

에리카의 어머니가 바로 들어왔어요. 나는 그녀가 방해를 한다고 생각하지 않았어요. 그녀는 딸과 나 사이의 대화를 막는 게 아니었어요. 그녀는 에리카가 크리스와 하고 있는 대화에 내가 끼어드는 걸 그저 끝내고 있었을 따름이에요. 그건 내가 닿을 수도 없고 제대로 볼 수도 없는 어떤 영역에서 행해지는 대화였어요. 내가 방을 나올 때, 에리카는 나를 향해 손을 흔들었어요. 하지만 내 얼굴을 외면한 채였어요. 그래서 나는 그녀의 눈을 볼 수가 없었어요. 그녀의 어머니는 나한테 와 줘서 고맙다며 에리카가 나한테 연락을 하기 전에는 오지 말아 달라고 부탁했어요. 그녀는 내 볼에 살짝 입을 맞췄어요. 그리고 엘리베이터 문이 닫혔어요. 나는 혼자서 엘리베이터를 타고 내려오기 시작했어요.

나는 내 아파트로 돌아와 그날 밤을 어둠 속에서 보냈어요. 창문으로 들어오는 도시 불빛 속에서 이후 여러 달 동안 그랬던 것처럼 에리카가 어디로 가고 있는지 궁금했어요. 사실, 지금도 때때로 그게 궁금해요. 나는 무엇이 그녀의 병을 깊게 만들었는지 결코 알지 못했어요. 그녀가 살던 도시가 공격받은 것에 대한 트라우마였을까요? 출판을 하려고 자기 원고를 보내서 그랬던 걸까요? 우리의 성행위가 그녀의 마음속에 일으킨 반향 때문이었을까요? 아니면 그 모든 것이 합해진 걸까요? 아니면 그중 아무것도 아닐까요? 하지만 그때도 나는 그녀가, 그것으로부터 돌아올지 말지 자신만이 선택할 수 있는 강력한 **노스탤지어** 속으로 사라지고 있다는 것을 알았어요.

내가 줄 수 없는 뭔가를 에리카가 필요로 한다는 건 명백했어요. 내가 나 자신이 아닌 사람의 역할을 하는 데 동의했음에도 줄 수 없는 뭔가를 말이죠. 그녀는 크리스의 암 때문에 자신이 삶의 덧없음과 죽음에 대해 알게 되기 이전의 사춘기로 돌아가고 싶었던 것 같아요. 어쩌면 그들이 같이 보낸 시간은 그녀가 나한테 여러 차례 얘기했던 것처럼 경이로웠는지 모르죠. 혹은 그들의 과거는 상상이기 때문에 더욱 강력했는지도 모르죠. 나는 내가 그들의 사랑에 관한 진실을 믿어야 할지 말지 알지 못했어요. 결국 나를 개종자로 받아들이지 않을 종교였으니까요. 하지만 나는 **그녀가** 그것을 믿는다는 걸 알았어요. 나는 그것과 비교될 만한 화려한 그 무엇도 그녀에게 줄 수 없다는 것이 부끄러웠어요.

나는 그해에는 다시 에리카를 보지 못했어요. 추수감사절은 쌀쌀한 12월에 자리를 내주었어요. 나는 매주, 아니 매일 그녀에게 전화를 걸까 생각하다가 참았어요. 물론 그녀의 어머니가 나한테 연락하지 말라고 부탁한 것도 한몫했지요. 나는 우리의 관계가 비극적으로 전개된 것으로 보아, 그녀의 내적인 몸부림에 내가 끼어들면 해만 될 거라고 생각했던 것 같아요. 하지만 솔직히 내 동기는 전적으로 고상한 게 아니었어요. 나한테는 퇴짜를 당한 연인이 느끼는 분노와 상처 받은 허영심이 적어도 조금은 있었어요. 그런 가치 없는 감정이 거리를 지키는 데 도움을 준 거죠. 그래도 나는 여전히 에리카를 걱정했어요. 그리고 어쩌면 분별없긴 하지만 어떤 **희망**을 품고 있었는지도 모르죠. 그래서 연락을 하지 않으려고 계속 노력하는 일은 중독에서 자유로워지려고 하는 사람의 노력과 다르지 않았어요.

어쩌면 내 마음 상태 때문에 그랬을 거예요. 하지만 내가 보기에 당시에는 미국도 위험한 노스탤지어에 점점 더 빠져드는 것 같았어요. 국기와 제복, 전쟁 상황실에서 카메라를 향해 얘기하는 장군들, **의무와 명예** 같은 말들이 나오는 신문 기사 제목에는 확실히 예전으로 돌아가려는 듯한 모습이 있었어요. 나는 늘, 미국이 앞을 바라보는 국가라고 생각했었어요. 그런데 처음으로 나는 **돌아보려고** 하는 미국의 의지를 보았던 거죠. 뉴욕에 사는 것이 갑자기 2차 세계 대전 관련 영화 속에서 사는 것 같았어요. 외국인인 나는 컬러가 아닌 흑백으로 보여야 하는 세트를 바라보고 있는 나 자신을 발견했어요. 당신네 나라 사람들이 뭘 바라는지 나한테는 불분명했어요. 의문의 여지가 없는 우위? 안전? 도덕적 확신? 모르겠더라고요. 하지만 그들이 다른 시대

주저하는 근본주의자

의 의상을 급히 입으려고 하는 건 명백했어요. 나는 그 시대가 허구적인지, 그 허구에 나 같은 사람을 위해 쓰인 일부가 있는지 의아해하고 불안감을 느꼈어요.

그런데 그게 무슨 소리죠? 당신에게 관심을 가져 달라고 요구하는 특이한 전화로군요. 아뇨, 나는 전혀 상관없어요. 어서 문자를 보내시죠. 옛날 교회 종탑처럼 정확하게 누군가가 당신에게 연락을 하는 모양이군요. 그러니까 매 시각에 정확하게 말이죠. 회사에서 당신을 확인하는 건가요? 아뇨, 내 질문에 대답할 필요는 없어요. 이제 답장을 하셨으니, 저쪽에 있는 그림을 한번 보시죠. 뼈 없는 닭고기를 굽고 있네요. 요리사의 부채질에 석탄에서 빨간 불꽃이 솟구치는 걸 보세요. 대단히 아름다운 광경이라는 건 당신도 인정하셔야죠. 곧 침을 고이게 하는 향이 저기에서 풍길 거예요. 냄새 나나요?

당신네 나라에서 보냈던 마지막 초겨울에 내가 살던 곳에서 그렇게도 만연했던 노스탤지어에 대해 당신에게 얘기하고 있었죠. 하지만 이러한 감성에 맞서며 계속 굳건히 서 있던 주목할 만한 보루가 있었어요. 언더우드샘슨이었죠. 내가 깨어 있는 시간 대부분을 차지하는 기관으로서 전혀 노스탤지어가 없었어요. 우리는 과거와는 상관없이 미래를 만드는 일을 했어요. 나는 케이블 회사 일을 열심히 했죠. 그렇게 하면서 많은 걱정거리들을 잊기를 바랐던 거죠. 시간이 있으면 생각에 생각을 거듭하며 걱정을 많이 했을 테니까요.

나는 당시보다 근본적인 것을 추구하는 일을 더 잘했던 적이 없는 것 같아요. 나는 내 인생이 거기에 걸린 것처럼 데이터를 분석했어요. 우리 신조는 그 어느 것보다 최대한의 생산성에 가치를 두는 것이었어요. 그런 신조에 나는 더욱 안심이 되었어요. 거대한 불확실성의 시대에 수량화할 수 있는 것, 따라서 알 수 있는 것이기 때문이었어요. 그리고 그 신조가 발전 가능성에 대해 완전한 확신을 갖고 있었기 때문이에요. 다른 이들은 왔다가 간 일종의 고전적인 시대를 갈구하는 상황에서 말이죠. 그런 시대가 실제로 있었다는 전제에서 하는 말이에요. 나는 동료들에 대한 내 태도에 변화가 생겼다는 걸 알았어요. 무엇이 그들을 전문가로서의 삶에 그렇게 전적으로 집중하게 만드는지를 더 잘 이해하게 됐던 거죠. 그러면서 결과적으로 한동안, 사무실에서 내 인기는 계속 올라가는 것 같았어요.

그러나 언더우드샘슨에서조차, **부족**이 점점 더 중요해져 간다는 사실을 피할 수가 없었어요. 언젠가 케이블 회사 주차장에 세워 둔 렌트카를 향해 걸어가고 있었어요. 그런데 모르는 남자가 접근해 오더니 알아들을 수 없는 말을 하더군요. **아칼라-말라칼라** 혹은 **칼라팔-칼라팔라**라고 했던 것 같아요. 그러면서 놀랍게도 자기 얼굴을 내 얼굴에 가깝게 대더군요. 나는 자세를 바꿔 옆으로 비켜서며 손을 어깨 높이로 들어 올렸어요. 그가 미쳤거나 술에 취했을지 모른다고 생각했어요. 강도일지 모른다고도 생각했고요. 나는 방어를 하거나 공격할 준비를 했어요. 그때 다른 남자가 나타나더군요. 그도 나를 노려보더니 자기 친구 팔을 잡고 끌어당기며 그럴 가치가 없다고 말했어요. 마지못

해 첫 번째 남자는 끌려가면서 말했어요. "염병할 아랍 놈."

물론 나는 아랍인이 아니에요. 기질적으로 불필요하게 호전적인 사람도 아니에요. 그런데 얼굴에 피가 몰리더라고요. 그래서 소리쳤죠. "이 겁쟁이 새끼야, 도망가서 숨지 말고 내 얼굴에 대고 얘기해." 그가 그 자리에 서더군요. 나는 트렁크를 열고 타이어 지렛대를 꺼내 들었어요. 자루의 차가운 금속이 손에 느껴지더군요. 그 순간, 나는 그의 두개골을 박살 낼 수 있을 것 같았어요. 우리는 몇 초 동안 그대로 서 있었어요. 그때, 그 남자의 친구가 그를 다시 끌어당기더군요. 그는 욕설을 하며 갔어요. 차에 들어가 앉자, 손이 불안정하더군요. 내가 뛰었던 여러 팀에서 싸움이 벌어지면 팀을 위해 같이 싸웠던 적이 있지만, 그 정도로 강렬했던 적은 없었어요. 나는 몇 분이 지나서야 차를 몰 수 있었어요.

그가 어떻게 생겼더냐고요? 그는…… 참 이상한 일도 다 있네요! 그 남자에 관해 아무것도 생각이 안 나네요. 나이도 그렇고 몸집도 그렇고, 아무것도 생각이 안 나요. 솔직히 말하면, 내가 당신에게 얘기하는 사건들의 세세한 것들을 많이 기억할 수가 없어요. 하지만 중요한 건 **요지**잖아요. 결국 나는 당신에게 역사를 얘기하고 있는 거잖아요. 당신도 미국인이니까 이해하겠지만, 역사에서 중요한 건 세부적인 정확성이 아니라 이야기의 요점이잖아요. 그래도 내가 당신에게 확인해 줄 수 있는 건 내가 당신에게 지금까지 얘기한 모든 것이 어느 점으로 보나 어느 정도는 내가 묘사했던 것처럼 일어났다는 거예요.

여하튼 옆길로 새지 맙시다. 주차장에서 그런 일이 있고 며칠
후였어요. 케이블 회사 일이 끝나갈 즈음이었어요. 나는 다시
한 번 짐과 함께 맨해튼으로 돌아가는 중이었어요. 늦은 시각이
었죠. 우리는 둘 다 배가 고팠어요. 내가 그를 내려 주려고 할
때, 그가 들어가서 참치 스테이크를 먹는 게 어떠냐고 말했어
요. 그가 사는 아파트는 기대한 것과 다르게, 제복을 입은 수위
가 있는 보수적인 어퍼이스트사이드의 아파트가 아니더군요.
트라이베카에 있었어요. 두에인스트리트에 있는 특징 없는 건
물의 꼭대기층이었는데, 넓이가 370제곱미터쯤 되더군요. 나는
처음으로 그 집에 들어가며 **유행에 민감한** 곳이라는 사실을 알게
됐어요. 디자인에 대단히 신경 쓴 흔적이 엿보이더군요. 어수선
하거나 여성적이었다는 건 아니에요. 바닥은 시멘트고 천장에
는 파이프들이 눈에 보이게 연결된 것이 미니멀리즘에 가깝더
군요. 하지만 가구 하나하나는 완벽하게 준비된 것처럼 보였어
요. 조명이 있고 배치도 알맞고 말이죠. 벽에는 힘이 느껴지는
인상적인 예술 작품들이 걸려 있었어요. 나중에 보니까 남자 누
드화도 여러 점 있더군요.

　짐은 소매를 걷어붙이고 참치를 익히며 나한테 무슨 생각을
하는지 물었어요. 나는 식탁 겸용으로 사용하는, 개방형 부엌의
바에 있는 의자에 앉아 있었어요. 내가 말했어요. "아무 생각도
안 해요. 그런데 당신 가족은 집에 없나요?" "가족은 없어." 그
가 재미있다는 표정으로 나를 향해 돌아서 말을 이었어요. "결
혼을 안 했거든." "아, 아이들도 없나요?" "아이들도 없어. 그런

주저하는 근본주의자

데 자네는 내 질문을 피하는 것 같네." "무슨 뜻이에요?" "최근
에 자네가 자네답지 않아서 그래. 뭔가에 마음을 빼앗긴 것 같
아. 뭔가가 자네를 괴롭히는 것 같아서 그래. 파키스탄 때문에
그러는 거겠지. 세상 돌아가는 게 걱정스러운 거겠지." 나는 나
의 충성심이 그렇게 갈라질 수 있는 가능성을 부인하려고 고개
를 흔들며 대답했어요. "아니, 아니에요. 고국 상황이 다소 불안
하긴 하지만 곧 지나갈 거예요." 그는 납득이 안 가는 모양이었
어요. "가족은 괜찮아?" "네, 고마워요." "그렇다면 좋아. 하지
만 내가 전에 얘기했듯이, 나는 아웃사이더라는 게 어떤 건지
아는 사람이니 얘기할 상대가 필요하면 나를 찾게."

나는 짐이 냄새를 맡지 못했기를 바라며 그의 아파트를 나섰
어요. 그래도 내가 그렇게 투명해 보인다는 건 놀라운 일이었어
요. 짐은 아주 예리한 눈을 가진 사람이었어요. 하지만 나의 내
적인 갈등이 그에게 보인다면, 다른 사람들한테도 보일 수 있을
것 같았어요. 나는 비즈니스 세계에서 이슬람교도들이 차별받
기 시작한다는 이야기를 들은 적이 있었어요. 일자리 제의를 취
소당하고 이유 없이 해고당한다는 이야기도 있었어요. 나는 언
더우드샘슨에서의 내 지위를 손상시키고 싶지 않았어요. 게다
가 같은 직종의 많은 회사들처럼 우리 회사도 9월 사태 이후로
급격하게 하향세로 돌아섰다는 걸 알고 있었어요. 웨인라이트
는 내게 회사에서 인원 감축을 할 거라는 소문이 파다하다고 알
려 줬어요.

케이블 회사 일은 잘 마무리되었어요. 우리는 상당한 비용 절

감 요인을 찾아냈고 의뢰인은 우리의 완전무결한 평가에 만족스러워했어요. 하지만 나는 12월 평가가 나오는 날, 초조했어요. 결과적으로 그렇게 걱정할 필요가 없었는데도 말이죠. 회사는 나와 같이 입사했던 여섯 명 중 두 명을 내보냈어요. 그들이 5등과 6등을 했던 거죠. 나는 다시 한 번 1등을 했어요. 짐이 알려 줘서 알았죠. 보너스까지 받았어요. 우리 직업 기준에서 보면 큰 돈은 아니었지만, 이후로 회사 수익이 줄어들 것을 감안하면 여전히 너그러웠어요. 그 보너스로 그간 해결하지 못했던 학자금 대출을 모두 상환하고 몇천 달러 여유 자금까지 생겼어요. 나는 무척 좋아했어야 했죠. 하지만 주초에 무장한 남자들이 인도 의사당을 공격하는 일이 벌어졌어요. 그래서 나는 내 행운을 축하하는 대신, 내 나라가 곧 전쟁에 돌입할 수 있다는 가능성에 직면해 있었어요.

어머니는 나한테 오지 말라고 했어요. 아버지도 비슷한 말을 했어요. 그래도 나는 7번가에 있는 여행사의 도움과 파키스탄 항공 비즈니스 플러스 클래스 좌석을 확보하는 능력을 갑작스럽게 발휘해 라호르행 비행기에 몸을 실었어요. 당시, 뉴욕의 쇼핑객들은 막판에 크리스마스 선물을 사느라 바쁘고, 부부들은 크리스마스트리로 쓸 아름다운 작은 관목을 아파트로 끌고 가면서 길거리에서 서로 입맞춤을 하고 있을 때였어요. 나는 대단히 실망스럽게도 신발을 벗고 있는 남자 옆에 앉았어요. 그 사람은 통로에서 기도한 후, 신의 뜻이라면 핵에 의한 전멸은 피하게 될 거라고 말하더군요. 하지만 이 문제에 있어서 신의 의지가 뭔지는 아직 알려지지 않은 상태였어요. 그는 나에게 친절한 미소를 지어 보이더군요. 그가 그런 말을 한 건 나를 안심시키기 위한 것 같았어요.

자, 이제 먹을 시간이 됐군요! 당신의 안전을 위해서 이 요구르트와 잘게 잘린 저 채소는 피하세요. 뭐라고요? 아니, 아니에요. 불길한 얘기를 한 게 아니에요. 다만 익히지 않은 음식을 먹고 배탈이 날지 몰라 한 말이에요. 당신이 우긴다면, 내가 이 접시에 있는 걸 조금씩 먼저 먹어 보고 두려워할 게 아무것도 없다는 걸 보여 주죠. 여기 따뜻한 빵이 있어요. 화덕에서 막 나온 거네요. 나는 이제 먹으려고요.

9

우리한테 나이프와 포크를 줄 거냐고요? 포크는 있을 거예요. 하지만 이제, 손을 더럽힐 때가 됐어요. 결국 우리는 이미 몇 시간 동안 같이 있었잖아요. 더 이상 머뭇거릴 필요가 없어요. 자기가 먹는 것에 손을 대는 건 대단히 만족스러운 일이죠. 수천 년에 걸친 진화는 음식을 손으로 만지는 것이 우리 미각을 증대한다는 걸 확인해 주죠. 그 점에서는 식욕도 마찬가지죠! 아하, 더 이상 설득할 필요가 없겠군요. 당신은 아주 다부지게 손가락으로 케밥 살을 찢고 있군요.

미국에서 이곳으로 오면 적응을 해야 해요. 다른 식으로 **바라보는 것**이 필요해요. 전쟁이 발발하려던 그해 겨울, 내가 라호르로 돌아왔을 때 어떻게 이곳을 미국식으로 보았던지 기억나요. 처음에는 우리 집이 얼마나 초라한지 보고 놀랐어요. 천장은 갈라지고 벽 페인트가 벗겨져 습기가 안으로 들어오더군요. 그날 오후, 전기가 나가니까 방이 우울해 보이더군요. 쉿쉿 소리가 나는 가스 히터의 희미한 빛으로 보아도 우리 가구는 낡고 당장 수선해야 할 것처럼 보였어요. 나는 그런 상태를 보고 슬펐어요. 아니, 슬픈 것 이상이었어요. 수치스러웠어요. **여기가 내 고향, 내가 살던 곳이구나** 싶었어요. 저급한 냄새도 났어요.

하지만 다시 적응을 하고 내 환경에 익숙해지면서, 내가 없는 동안 집이 변한 게 아니라는 걸 깨달았어요. **내가** 변했던 거죠. 나는 외국인의 눈으로 주변을 보고 있었어요. 단순한 외국인이 아니라 비정하고 으스대는 미국인의 눈으로 말이죠. 내가 당신 네 나라 엘리트의 강의실과 직장에서 만났을 때 나를 화나게 했던 미국인의 눈으로 말이죠. 그걸 깨닫자 화가 나더라고요. 나는 화장실의 얼룩덜룩한 거울로 내 모습을 보면서 내가 그간 습득했던 달갑지 않은 감성을 떨쳐 내기로 결심했어요.

그렇게 하고 나서야 내 집을 제대로 볼 수 있게 되었어요. 오래 지속되어 온 내 집의 장엄함과 의심의 여지가 없는 개성과 독특한 매력을 음미할 수 있게 된 거죠. 무굴인들의 세밀화와 고대 카펫이 응접실을 우아하게 만들고, 훌륭한 도서관이 베란다에 인접해 있었어요. 가난해진 것과는 거리가 멀고, 오히려 역사와 더불어 풍요로운 것이었어요. 내가 달리 생각했다니, 어떻게 그토록 협소하고 그토록 분별 없었나 싶었어요. 나는 나 자신에 대한 이런 생각에 마음이 혼란스러웠어요. 내가 본질적으로 부족한 사람이어서 다른 사람들 사이에 아주 잠시 있었는데도 그렇게 쉽게 영향을 받았던 거죠.

하지만 나 자신에 대한 그런 내적인 생각보다 훨씬 더 중요했던 건 우리 집이 당면한 현실적인 위협이었어요. 형이 나를 태우러 공항에 나왔더군요. 형은 내 가슴팍이 으스러질 정도로 나를 꼭 껴안았어요. 그리고 운전을 하면서 내 머리를 손으로 헝클더군요. 그러자 내가 갑자기 아주 어려진 것 같았어요. 아니면 본래의 나이대로 느꼈는지도 모르죠. 태어난 곳도 아닌 도시에서 양복을 입고 혼자서 먹고 사는 사람이 느끼는 영원한 중년의 감정이 아니라 아이나 거의 마찬가지인 스물두 살짜리가 느끼는 감정 말이죠. 내가 그렇게 쉽고, 그렇게 익숙하게 감동을 받은 지가 한참 되었거든요. 나는 미소를 지었죠. 형에게 물었어요. "상황은 어때?" 형이 어깨를 으쓱하고 대답했어요. "여기서 삼십 분쯤 떨어진 내 친구 시골집에 포병 진지를 팠단다. 연대장은 여분의 침실에 묵고. 그러니 상황이 좋은 건 아니지."

부모님은 괜찮은 것 같았어요. 내가 지난번에 뵈었을 때보다 더 약해졌지만, 그 나이에는 해가 거듭될수록 그럴 수밖에 없잖아요. 어머니는 내가 돌아온 것을 축복하려고 내 머리 주변에 100루피짜리 지폐를 돌리셨어요. 나중에 그 돈은 자선 단체에 갔을 거예요. 아버지의 눈이 빛나더군요. 촉촉한 갈색이었어요. 아버지가 손수건으로 눈을 두드리며 말했어요. "콘택트렌즈를 끼었단다. 멋져 보이지 않니?" 나는 잘 어울린다고 말했어요. 사실, 그랬어요. 아버지는 안경을 뒤늦게 끼셨어요. 안경을 끼자, 강렬한 얼굴 표정이 가려지더군요. 아버지도 그렇고 어머니도 전쟁이 일어날 가능성에 대해서는 얘기하지 않으려 했어요. 그분들은 나한테 밥부터 주고 뉴욕에서 내가 어떻게 사는지, 직

주저하는 근본주의자

장에서는 잘나가는지 들으려고 했어요. 사원에서 노래를 부르는 것이 이상한 것처럼, 이곳에서 그쪽 세계에 대해 얘기하자니 이상했어요. 한쪽에서 자연스러운 것이 다른 쪽에서는 부자연스러울 수 있는 것 같아요. 어떤 개념들은 다른 쪽으로 가면 쉽게 설명이 안 되니까요. 예를 들어, 나는 에리카에 대해서는 얘기하지 않으려 했어요. 사실, 그분들을 불안하게 할 것은 어느 것이든 얘기하지 않으려 했어요.

그런데 그날 밤, 나를 위한 가족 연회에서는 인도와의 분쟁이 주된 대화 주제였어요. 인도 의사당을 공격한 사람들이 파키스탄과 관련 있는지에 관해서 의견이 분분했어요. 하지만 인도가 전력을 다해 우리에게 해를 끼치려 할 거고, 우리가 아프가니스탄에 있는 미국인들을 도와주고 있긴 있지만 그들이 우리 편에서 싸워 주지 않을 거라는 덴 의견이 일치했어요. 벌써 인도가 군대를 동원하고 있었어요. 파키스탄도 응수하기 시작했어요. 수송차대가 국경에 있는 우리 군대에 물자를 공급하려고 시내를 통과하고 있었어요. 식사를 할 때, 우리 머리 위로 군용 헬리콥터들이 낮게 지나가는 소리가 들렸어요. 소문에 따르면, 곧 자동차의 통행이 금지될 거라고 했어요. 모든 비행장이 핵 공격에 파괴당할 경우를 대비해서, 우리 전투기들이 도로에 착륙하는 연습을 하기 위해서라고 했어요.

아주 드문 기습이나 테러리스트의 잔학 행위를 제외하고 자기 땅에서는 전쟁을 치른 적이 없는 나라에서 온 당신 같은 사람이 언제라도 전면적인 공격을 해 올 수 있는 100만 군대가 가까이에 진을 치고 있다는 걸 상상하면 아마 이상하겠죠. 형은 엽총을 닦아 놓았더군요. 작은아버지 한 분은 생수와 통조림을 사들였어요. 우리 집에서 파트타임 정원사로 일하던 사람은 예비군에 배치되었어요. 하지만 사람들은 대부분, 정상적으로 살아가는 것 같았어요. 라호르는 서쪽으로 모로코까지 뻗은 무슬림 땅에 위치한 마지막 거점 도시였어요. 따라서 국경 도시의 특징인 절제된 허세가 있는 편이죠.

그래도 나는 걱정이 됐어요. 무력감이 느껴졌어요. 우리가 나약해서 우리보다 훨씬 더 크다는, 동쪽에 위치한 이웃 국가의 위협에 취약하다는 사실에 화가 났어요. 그래요, 우리한테는 핵무기가 있었어요. 그래요, 우리 군인들은 물러서지 않았을 거예요. 그런데도 우리는 위협받고 있었어요. 내가 할 수 있는 거라고는 침대에 누워 있는 것밖에 없었어요. 잠이 안 오더군요. 사실, 나는 가족과 고향을 뒤에 두고 곧 떠날 예정이었어요. 내 눈에는 내가 일종의 겁쟁이, 배반자로 보이더군요. 그런 상황에서 어떤 사람이 자기 사람들을 버릴까? 나는 뭣 때문에 그들을 버려야 할까? 봉급을 많이 주는 직장과 내가 그리워하지만 나를 만나려고도 하지 않는 여자를 위해서? 나는 이런 질문들을 거듭하면서 몸부림을 쳤어요.

뉴욕으로 돌아갈 시간이 되었을 때, 나는 부모님에게 더 있겠다고 했어요. 하지만 그분들은 용납하지 않으려 했어요. 어쩌면 그분들은 내 마음이 갈라져 있고, 뭔가가 나를 미국으로 부르고 있다는 사실을 느꼈는지도 모르죠. 아니면 아들을 보호하려고 했는지도 모르고요. 어머니가 말했어요. "가기 전에 면도하는 걸 잊지 마라." 나는 아버지와 형을 가리키며 말했어요. "왜 그래야 하죠? 아버지와 형도 수염을 기르잖아요." "네 아버지와 형이 수염을 기르는 건 자기들이 대머리라는 사실을 숨기고 싶어서일 뿐이야. 게다가 너는 아직 어린애잖니." 어머니는 내 머리를 손가락으로 만지며 덧붙였어요. "수염을 기르면 너는 생쥐처럼 보인다."

비행기 안에서 나는 승객 상당수가 내 또래라는 걸 알았어요. 휴가를 마치고 돌아가는 대학생들과 젊은 직장인들이었던 거죠. 참 모순적이더군요. 전쟁이 임박하면 아이들과 노인들을 피신시켜야 하잖아요. 그런데 우리 경우에 떠나는 건 가장 튼튼하고 영리한 사람들이었어요. 옛날 같으면 남았을 사람들이 떠나고 있었던 거죠. 나는 나 자신이 경멸스러웠어요. 그래서 얘기를 할 수도 없고 먹을 수도 없었어요. 나는 눈을 감고 기다렸어요. 시간은 나에게서 도망갈 책임조차 빼앗아 갔어요.

무력 충돌 전에 깃드는 불안감에 익숙하지 않은 건 아니라고요? 아하! 내가 생각했던 것처럼 당신은 군대를 다녀왔군요! 그렇다면 앞으로 일어날 일을 기다리는 것이 가장 어려운 부분이라는 데 동의하시겠죠? 맞아요, 살육이 진행되는 때만큼 어렵지는 않죠. 당신은 진짜 군인처럼 말하는군요. 그런데 당신은 먹는 걸 멈췄군요. 새 빵을 기다리는 건지도 모르겠네요. 여기 있어요. 내 것의 반을 드세요. 아뇨, 드세요. 웨이터가 곧 더 가져다줄 거예요.

당신 배경을 감안하면 틀림없이 당신은 대규모 유혈 사태가 벌어질 가능성이 있는 곳으로부터 다소 평화로운 환경으로 돌아가는 특이한 경험을 했겠군요. 기이한 변화죠. 내 동료들은 내가 사무실에 나타나자, 부분적으로 억누르긴 했지만 경악하더군요. 왜냐하면 어머니가 그렇게 하라고 했고, 나도 출입국관리소에서 어려움이 있을 걸 알았는데도, 이 주 동안 기른 수염을 깎지 않은 상태였거든요. 내 입장에서 보면 항의의 표시였고, 내 정체성의 상징이었는지 모르죠. 혹은 내가 뒤에 두고 떠나온 현실을 나 자신한테 일깨우기 위해서였는지도 모르죠. 정확한 동기가 무엇이었는지는 이제 기억나지 않는군요. 내가 아는 것은, 말끔하게 면도한 내 동료들과 섞이기 싫었고, 여러 가지 이유로 내가 속으로 화가 나 있었다는 것뿐이에요.

나 같은 혈색의 남자가 기른 수염이 당신네 나라 사람들에게 미친 영향은 대단해요. 육체적으로 별로 중요하지 않은 건데 말이죠. 결국 스타일일 뿐이잖아요. 몇 차례인가 나는 지하철을 타고 가고 있었어요. 나는 늘, 지하철을 타면 완전히 섞인다는 느낌을 받곤 했죠. 그런데 전혀 모르는 사람들이 나한테 욕을 했어요. 나는 하룻밤 사이에 언더우드샘슨에서 수군거림과 응시의 대상이 된 것 같았어요. 웨인라이트가 나한테 우정 어린 충고를 하더군요. "이봐, 친구, 수염이 어떻다는 건지는 모르겠지만, 자네를 여기에서 인기 있는 사람으로 만들어 주는 것 같지는 않아." "내가 살던 곳에서는 흔해." "저크 치킨도 내가 살던 곳에서는 흔하지만, 나는 그걸 얼굴에 묻히고 다니지는 않

아. 조심할 필요가 있어. 회사 동료들과의 관계는 피상적일 뿐
이야. 내 말 믿어."

나는 내 친구가 염려해 주는 것을 고맙게 생각했지만, 그의
제안을 받아들이지 않았어요. 인원을 감축했는데도, 우리 회사
에 들어오는 일거리가 1월에도 여전히 적었어요. 나는 별 할 일
없이 책상에 앉아 있었어요. 이번에는 컴퓨터로 인도와 파키스
탄 사이의 악화되는 관계, 그 지역 군사 균형에 관한 전문가들
의 평가와 전쟁 시나리오, 그런 대치 상태가 양국 경제에 이미
미치기 시작한 부정적인 영향 등에 관한 기사를 읽으며 시간을
보냈어요. 나는 미국이 어떻게 세계를 혼란에 빠뜨릴 수 있는지
궁금했어요. 아프가니스탄에서 전쟁을 획책하고, 그런 행동을
통해서, 인도가 파키스탄한테 하고 있는 것처럼 하면서 말이죠,
힘이 더 센 나라가 더 약한 나라를 침략하는 짓을 정당화하고
말이죠. 그러면서도 자기 나라는 별 영향을 안 받고요.

또 나는 에리카한테 연락을 하지 않으려고 여섯 주 동안 참다
가, 마침내 전화를 걸었어요. 그런데 전화기가 계속 꺼져 있어
서 이메일을 보냈어요. 그녀가 침묵을 요청한 걸 존중하는 의미
에서 내 이메일이 간략한 인사말일 뿐이었다고 우기고 싶지만,
사실은 그걸 쓰는 데 몇 시간이나 걸렸어요. 어쩌면 내가 쓴 것
중 가장 길었을 거예요. 나는 그 이메일에다 직장과 고향에서
벌어지고 있는 일과 내가 겪는 혼란에 대해 얘기했어요. 또한
그녀가 몹시 그립다는 것과 그녀가 어디로, 왜 갔는지 이해할
수 없다는 말도 했어요. 며칠이 지나서 그녀에게서 답장이 왔어

요. "나는 어떤 병원에 있어요. 사람들이 스스로를 회복시킬 수 있는 시설 말이죠. 나도 당신을 생각해요." 그녀는 나한테 한번 찾아오라고 했어요. 얼굴을 맞대고 내 질문에 대답하는 것이 더 쉽겠다면서.

병원은 도시에서 오후 한나절을 달려야 갈 수 있는 곳이었어요. 허드슨강을 굽어보는, 20만 제곱미터에 달하는 격리된 곳에 있는 빌라를 개조한 곳이었어요. 간호사가 나를 맞더군요. "당신이 찬게즈군요. 에리카가 나한테 당신에 관해 많은 얘기를 했어요." "맞아요. 그런데 어떻게 알았죠?" "당신이 메이블린 광고에 나오는 것 같다고 했거든요." 나와 어울리지 않는 묘사 같았어요. 여하튼 간호사는 에리카가 나를 기다리다가 약간 초조해져서 산책을 나갔으며, 자기를 대신해 몇 가지를 설명해 달라고 부탁했다고 하더군요. 내가 물었어요. "그래서 나를 안 만나겠다는 건가요?" 간호사가 미소를 지으며 말했어요. "만날 거예요. 하지만 사람들은 이런 곳에 있으면 때때로 당황하거든요. 내가 당신한테 먼저 얘기를 하면 두 사람이 어색하지 않게 될 거라고 생각한 거죠." 그녀가 내 손을 두드리며 덧붙였어요. "나를 수영장에 들어가기 전에 하는 샤워라고 생각하면 돼요."

간호사는 나한테 에리카가 다른 사람을 사랑한다는 걸 이해해야 한다고 했어요. 그런 말을 듣는 게 어렵겠지만, 그래도 들어야 한다고 했어요. 에리카가 사랑하는 사람을 간호사나 내가 죽은 사람이라고 부르든 어떻든, 그건 중요하지 않다고 했어요. 에리카에게 그 사람은 충분히 살아 있었어요. 그것이 문제였어요. 에리카가 우리 중 나머지와 더불어 경험할 수 있는 것들보다 더 강렬하고 더 의미 있는 것들을 마음속으로 경험하고 있는데, 세상에 나가서 간호사나 나처럼 사는 건 어려운 일이라고 했어요. 내가 말했어요. "그래도 그녀는 결국 이곳을 떠나야 하잖아요. 그녀는 그때 나와 같이 있고 싶어 할지 몰라요." 간호사가 고개를 저었어요. "그럴지도 모르죠. 하지만 지금은 당신이 그녀가 가장 만나기 어려워하는 사람이에요. 당신은 그녀를 가장 혼란스럽게 하는 사람이라고요. 당신이 가장 현실적인 사람이라서 그래요. 당신은 그녀의 균형을 깨트려요."

간호사는 숲 속으로 난 구불구불한 길 끝에 가면 에리카가 있을 거라고 했어요. 언덕 위 작은 숲 속에 말이죠. 실제로 그녀는 거기에 있었어요. 그녀는 거칠게 자른 나무로 만든 벤치에 앉아 있었어요. 두툼한 재킷을 입고 있었죠. 내가 다가가자 그녀가 몸을 돌렸어요. 얼굴이 창백했어요. 얼굴에 멍이 든 것 같았어요. 얼굴에서는 **독실한 신자**의 열정과 다르지 않은 빛이 발산되는 것 같았어요. 그녀가 손을 내밀었어요. 나는 악수를 하는 대신, 그녀의 인공 섬유로 만든 겨울 장갑에 입을 맞췄어요. 그녀가 미소를 지으며 말했어요. "귀여워 보이네요. 수염을 기르니 눈이 커 보여요." 그녀는 단식을 끝내려고 하는 사람처럼 보였어요. 기도와 성경을 읽는 데 너무 지쳐 먹는 것에 충분히 신경을 쓰지 못한 사람처럼 보였어요. 하지만 나는 그런 생각을 입 밖에 내지는 않았어요.

그녀가 내 팔짱을 끼더군요. 우리는 부드럽게 얘기를 하며 같이 거닐었어요. 우리 입에서 입김이 올라오더군요. 그녀가 말했어요. "지금 나에게는 이곳이 좋아요. 이곳에서는 평온해요." 나는 **너무 평온한** 건 아니냐고 말하고 싶은 걸 참으며 말했어요. "평온해 보여요." "숨어 지내서 미안해요. 당신을 보고 싶지 않아서가 아니었어요. 당신을 끌어들이는 것 같아서 그랬어요. 나는 당신이 상처받는 걸 원치 않아요. 당신을 가만 놔두는 게 더 좋을 거라고 생각했어요." "내가 왜 상처를 받죠?" "당신이 누군가를 좋아하는데, 그 사람이 가 버리면 상처가 되는 거죠." "그런데 당신은 어디로 가는 거죠?" 그녀는 어깨를 으쓱하고 대답하지 않았어요.

우리는 우리 발밑에서 눈이 부서지는 소리를 제외하고는 침묵 속에서 걸었어요. 추워서 귀가 아프기 시작하더군요. 내가 물었어요. "여기서 글을 쓰나요?" "아뇨, 어떤 걸 써 내려간다는 의미에서는 아니죠. 그래도 생각은 많이 해요. 상상도 하고요." "나도 가끔 당신 상상에 나오나요?" 그녀가 미소를 지으며 말했어요. "가끔요." "이국적인 외국인이 어떤 역할을 하는 도착적인 섹스에 관한 공상도 하나요?" 그녀가 웃으면서 내 팔을 꼭 쥐었어요. 처음으로 그녀의 얼굴이 부드러워지고 빈틈이 보이는 것 같았어요. 하지만 그녀는 다시 안으로 들어갔어요. 그녀가 말했어요. "당신은 나를 도와줬어요. 당신은 친절하고 진실했어요. 고마워요."

그녀의 말에서 가장 인상적인 건, 분명하게 나를 과거로 돌리는 것이었어요. 희망이 없어지는 것 같았어요. 하지만 나는 이

주저하는 근본주의자

렇게 말했어요. "고마워하지 말고 음탕해져요. 나하고 뉴욕으로 돌아가요." 나는 힘을 실어 주는 확신 없이 그렇게 말했어요. 그녀는 순간적으로 내 어깨에 머리를 기댔어요. 하지만 그녀는 대꾸해야 할 필요를 못 느끼는 것 같았어요. 우리가 건물로 다가갈 때 나는 곁눈으로 그녀를 바라보며, 초연하고 금욕적으로 보이는 그녀의 상태가 어느 정도까지 그녀가 먹는 약의 효과인지 궁금했어요. 잠시, 그녀를 납치해 내 렌터카에 태워 달아날까 하는 생각도 해 봤어요. 그렇게 하면 그녀가 여기에서 먹는 약보다는 그녀를 현실로 돌아오게 하는 데 더 효과적일 것 같았어요. 하지만 그렇게 하는 건 말도 안 되는 짓이자 그녀에 대한 무례라는 게 명백해 보였어요. 나는 그런 짓은 할 수 없었어요.

그녀가 내게 물었어요. "스키 탈 줄 알아요?" "아뇨. 타 본 적 없어요." "크리스와 나는 겨울마다 스키를 타러 갔어요. 보통 콜로라도에 갔고, 이따금 버몬트에도 갔죠. 어렸을 때는 센트럴 파크에서 크로스컨트리 스키도 조금 했죠. 우리는 선물로 받은 스키를 갖고 아무에게도 얘기하지 않고 살짝 빠져나갔었죠. 그러자 문제가 복잡해졌죠. 부모님들이 경찰에 신고하고 난리였으니까요. 그래도 재미있었어요. 여하튼 이곳에선 그때가 떠올라요. 특히 비탈 위에 있던 눈이 생각나요. 눈이 너무 온화하고 부드럽거든요. 당신도 한번 가 봐야 해요." 우리는 자갈이 깔린 진입로에 도착했어요. 내가 말했어요. "당신이 나를 데리고 가야죠." 그녀가 고개를 저었어요. "그럴 수 없어요. 그래도 당신은 가 봐야 해요. 행복하려고 노력하세요, 알겠죠? 모든 게 다

미안해요. 몸조심해요."

그녀는 나를 껴안았어요. 그리고 나를 바라보며 그 자리에 서 있었어요. **그는 죽었어!** 나는 이렇게 소리치고 싶었어요. 그것이 내가 그녀에게 입맞춤을 하지 않기 위해 할 수 있는 전부였어요. 어쩌면 했어야 했는지도 모르죠. 나는 그녀를 계속 설득하든지, 아니면 그녀의 요청을 받아들이고 떠나든지, 둘 중 하나를 선택해야 했어요. 결국 나는 후자를 선택했어요. 나는 차를 몰고 떠나면서 생각했어요. 이 시험에서 나는 실패한 거다. 어쩌면 모험을 하지 말았어야 했다. 나는 하마터면 차를 돌려 돌아갈 뻔했어요. 하지만 결국 그렇게 하지 않았어요. 내가 그때 돌아갔더라면 일이 다소 달라졌을지도 모르죠. 결국에는 똑같았을지도 모르고요.

나는 그 후로 사무실에서 껍데기에 지나지 않았어요. 에리카와 고향에 대한 생각에 화도 나고 정신도 없었어요. 업무를 소홀히 했고, 스스로 새로운 일을 찾으려는 노력을 전혀 하지 않았어요. 누군가가 해고 통지서를 갖고 내 책상에 와서 나를 불행에서 벗어나게 해 주면 싶었어요. 그런데 짐은 나를 부르더니 놀랍게도 칭찬을 해 주더군요. 그가 말했어요. "이봐, 이곳 주변 사람들은 자네가 추레해 보인다고 생각하지. 수염을 비롯한 것들을 두고 말이야. 솔직히 말해, 나는 신경 쓰지 않아. 나는 자네가 어떻게 일을 하느냐가 중요해. 자네는 지금까지 입사 동기들 중 최고의 분석가였어. 게다가 파키스탄에서 벌어지는 일 때문에 자네가 힘들다는 걸 나는 알고 있어. 자네한테 필요한 건 바

주저하는 근본주의자

빠지는 거야. 지금은 우리한테 할 일이 별로 없어서 쉽지 않겠지만 말이지. 그런데 새로운 프로젝트가 생겼어. 칠레의 발파라이소에 있는 출판사를 평가하는 일이야. 최소한의 인원만 파견될 거야. 부사장과 분석가 한 사람만 가게 되지. 보통 같으면 경험이 더 많은 사람을 추천하겠지만, 자네한테 이걸 맡겨 보고 싶어. 어떻게 생각해?" 나는 중얼거렸어요. "고맙습니다." 그가 웃으며 말하더군요. "열정이 약간 필요할 거야. 많은 책임이 따르는 일이니까. 보조 직원도 없어." 나는 이번에는 내 말이 더 성실하게 들리기를 바라며 말했어요. "걱정하지 마세요." 그런데 나는 내 의도가 성공했는지 어쩐지 알지 못했어요. 짐이 미소를 짓기는 했지만, 당혹스러운 표정이었으니까요.

그런데 당신은 더 이상 먹지를 않는군요. 벌써 배가 부를 수도 있어요? 좋아요, 더 먹으라고는 하지 않을게요. 그래도 디저트로 아몬드와 생강이 들어간 쌀 푸딩을 주문할 게요. 점점 더 음산해지는 오늘 같은 저녁에는 완벽한 디저트죠. 보통은 그런 게 당신 입맛에 맞지 않을지 모르지만 약간만 먹어 보세요. 결국, 당신네 나라 군인들은 초콜릿을 배급받고 전투에 나가잖아요. 그러니 가장 살벌한 일을 하기 전에 혀를 달콤하게 하는 일이 당신에게 완전히 낯설지는 않겠죠.

10

당신이 옆에 있는 빈 의자에 팔을 걸치고 앉아 있으니, 가벼워 보이는 양복 일부분이 불룩 올라온 게 보이네요. 우리나라 비밀 안전요원들—하기야 어느 나라에서나 그럴지 모르겠네요.—이 겨드랑이 밑에 권총 케이스를 차는 흉골과 나란한 지점이 말이죠. 아니, 그러지 마세요. 나 때문에 자세를 바꾸지는 마세요! 당신이 권총을 찼다는 말은 아니었어요. 당신 경우에는 여행 지갑의 윤곽에 지나지 않을 게 확실해요. 신중한 사람들은 소매치기를 당하지 않으려고 소지품을 거기에 두기도 하니까요.

나는 칠레로 갈 때 그런 예방책은 강구하지 않았어요. 우리는 또 다시 편안한 일등석을 타고 갔어요. 하지만 나는 객실의 사치스러움에 더 이상 흥분하지 않았어요. 프로젝트가 시작될 때 보통 우리를 따라오는 짐이나 이 일이 진행되는 동안 나의 직속 상관이 될 부사장과 달리, 나는 샴페인을 주겠다는 승무원의 제안을 여러 차례 거절했어요. 비행기를 타고 가는 내내, 나는 먹지도 않고 자지도 않았어요. 내 생각은 우리 아래 대륙이 아니라 다른 대륙들에서 일어나는 일에 가 있었어요. 나는 그 일을 맡겠다고 한 걸 여러 번 후회했어요.

나는 에리카를 돕기 위해 할 수 있는 게 뭔지 생각해 보았어요. 마지막으로 봤을 때의 모습이 나를 고통스럽게 했어요. 쇠약해지고 초연하고 **생기가** 전혀 없던 그 모습이 말이죠. 어렸을 때, 우리가 길렀던 개가 떠오르더군요. 우리 개는 수의사가 그 후에 결코 사용하지 말라고 했던 진드기약 때문에 생긴 백혈병으로 죽었어요. 그 녀석이 죽기 전, 마지막 며칠이 떠올랐어요. 그 녀석은 힘없이 혼자 있으려고만 했죠. 하지만 에리카는 백혈병으로 고생하는 게 아니었어요. 이런 종류의 정신 이상에 취약한 생화학적인 기질 외에는 신체적인 원인이 없었어요. 그녀의 병은 영혼의 병이었어요. 나는 신비주의 의식의 전통에 젖은 환경에서 자랐기 때문에 영혼이 다른 사람들의 관심과 애정과 욕망에 영향을 받지 않는다는 사실을 인정할 수는 없었어요. 중요한 건 내가 어째서 그녀의 영혼을 지키고 있는 막을 뚫고 들어가는 데 실패했느냐를 이해하는 거였어요. 더 직접적인 접근 방식은 거부당했지만, 통찰력이 충분하면 안으로 들어갈 수 있었을지도 모르는 일이었으니까요. 시도해 보는 것 외에는 대안이 없었어요. 그녀에 대한 그리움은 거의 완전한 몇 달간의 이별에도 불구하고 줄어들지 않았어요.

나는 그런 마음 상태로 산티아고에 도착했어요. 우리는 그곳에서 도로로 이동했어요. 복구팀이 동력삽으로 칠레 중앙 계곡 특유의 붉은 흙을 파 버려 도로가 잠시 막혔던 것을 제외하면, 이동은 순조로웠어요. 우리는 종착지가 가까워지는 걸 냄새로 느꼈어요. 발파라이소는 태평양에 있었어요. 언덕들 때문에 보이지 않았을 뿐이죠.

출판사 대표는 후안바우티스타라는 노인이었어요. 그는 필터 없는 담배를 피우고, 햇볕이 강한 날이면 종이에 불이 붙을 정도로 두꺼운 스포츠 안경을 쓰고 있었어요. 그를 보자 나의 외할아버지가 떠오르더군요. 나는 그가 바로 좋아졌어요. 그가 우리에게 물었어요. "당신들이 책에 대해 뭘 알죠?" 짐이 대답했어요. "제 전공은 미디어 산업입니다. 이십여 년이 넘게 열 개가 넘는 출판사들을 평가했고요." 후안바우티스타가 말했어요. "그건 재정 문제요. 나는 책에 대해 뭘 아느냐고 물은 거요." 내가 말했어요. "제 아버지의 숙부는 시인이셨습니다. 펀자브 지방에서 유명한 분이었습니다. 우리 집안은 책을 사랑합니다." 후안바우티스타는 처음으로 자신 앞에 있는 젊은이의 존재를 알았다는 것처럼 나를 바라보았어요. 나는 더 이상 아무 말도 하지 않았어요.

짐은 나중에 우리에게 후안바우티스타가 우리를 못마땅하게 생각한다고 설명해 줬어요. 그는 회사를 몇 년 동안 운영했지만 소유주는 아니었어요. 소유주들은 회사를 팔고 싶어 했고 우리 의뢰인은 그걸 사려고 하는 사람이었어요. 그가 교육 전문 출판 분야에서 남는 이익으로 다른 분야의 손실을 계속 메꿀 것 같지는 않더군요. 상업적으로 발전할 여지가 없는 작가들과 관련된 분야는 다른 사업에 걸림돌이 되고 있었어요. 우리 임무는, 그 걸림돌을 제거하면 자산 가치가 얼마나 되느냐를 결정하는 거였어요.

우리는 커다란 타원형 탁자가 있고 벽을 따라 책꽂이들이 있는, 낡았지만 멋진 회의실에 진을 쳤어요. 바람이 세게 불 때면, 폭풍 대비용 나무 셔터들이 덜커덩거리는 소리가 밖에서 들렸어요. 오후에는 날씨가 무더웠어요. 우리가 갔을 때는 남반구가 여름이었거든요. 그런데 때때로 아침에는 안개가 끼고 기온이 쌀쌀했어요. 그럴 때면 내 모직 양복이 반갑더군요. 짐은 이틀 후, 내 면전에서 부사장에게 내가 일을 아주 잘할 거라고 말하고 떠났어요. 하지만 나는 노트북을 켜 놓고 인터넷을 연결하고 펜과 공책을 옆에 두고 있었지만, 우리가 하는 일에 집중할 수가 없었어요.

일을 하는 대신, 나는 웹사이트에 들어가 파키스탄과 인도에 관한 뉴스를 읽었어요. 파키스탄과 인도는 그들의 탄도미사일들을 시험 중이며 외국 고관들이 계속해서 두 나라 수도를 방문해, 델리한테는 호전적인 말을 하지 말아 달라고 하고 이슬라마바드한테는 양보를 해 파국의 벼랑에서 후퇴해 달라고 하고 있다고 하더군요. 나는 이 모든 일에서 당신네 나라의 역할이 뭔지 궁금했어요. 미국은 아프간 전쟁을 수행하기 위해 이미 파키스탄에 기지를 두고 있었으니까, 파키스탄에 대한 공격을 우방에 대한 공격으로 간주해 미국의 막강한 군사력으로 응수할 거라고 인도에 통보하기만 하면 됐어요. 그런데 당신네 나라는 그러지 않았어요. 사실, 미국은 두 나라 사이에서 엄격한 중립을 지켰어요. 당연히 더 크고 (역사의 그 시점에서) 더 호전적인 쪽을 지지하는 입장이었죠.

자료를 모으고 재정 모델을 만들고 있어야 할 때, 그런 생각들에 나는 정신이 없었어요. 게다가 발파라이소 자체가 주의를 산만하게 했어요. 그 도시에는 강력한 분위기가 있었어요. 일종의 암울함이 큰길들과 언덕 중턱에 배어 있었어요. 나는 컴퓨터에서 도시의 역사를 찾아서 읽고 그 도시가 백 년이 넘게 기울어 가고 있다는 걸 알게 됐어요. 그곳은 한때는 태평양에서 대서양으로 가는 선박이 마지막으로 쉬어 가는 위치 때문에 경쟁자들이 서로 차지하려고 다퉜던 거대한 항구였는데, 파나마 운하가 생기는 바람에 무시당하고 주변으로 밀려난 거죠. 발파라이소의 화려했던 시절을 생각하니 라호르가 떠올랐어요. 그리고 **폐허는 건물이 아름다웠다는 걸 말해 주네**라는 표현도 떠올랐어요. 우리말로 하면 대단히 암시적인 그 표현이 말이죠.

나는 부사장이 점점 더 나한테 화를 낸다는 걸 느꼈어요. 그를 비난할 순 없었어요. 가엾은 부사장은 아침부터 자정까지 그의 유일한 팀원으로부터 아무런 지원도 받지 못하고 일하고 있었으니까요. 나는 바쁜 척했죠. 그런데 시간이 지나고 내가 마감일을 맞추지 못하자 그는 인내심을 잃었어요. 그가 말했어요. "이봐, 문제가 뭐지? 자네는 아무것도 한 게 없잖아. 자네가 일을 잘할 거라고 생각했지만, 내 입장에서 보면 전혀 잘하지 못

하는군. 뭐가 필요한지 나한테 말해 봐. 모델을 만드는 데 도움
이 필요한가? 지침이 더 필요한가? 말만 하라고, 줄 테니까. 그
러니 제발 같이 일하자고." 그는 명성이 자자한 매니저였어요.
내 안에서 일고 있는 혼란에 대해 그에게 얘기할 수도 있었겠지
만, 우리 관계는 인간적인 면에서는 제로였어요. 나는 그가 요
점을 제대로 짚었다며 미안하다고 했죠. 그리고 배로 노력할 테
니 걱정하지 말라고 했어요. 나는 확신감이 느껴지게 말했어요.
"모든 것이 잘 되어 가고 있습니다."

명백히 사실이 아니었지만, 한동안 그는 만족하는 것 같았어
요. 하지만 나는 그가 나한테 정당한 이유로 화를 내기 시작했
다는 걸 알고 있었어요. 내가 계획에 맞춰 일을 추진하지 않아
서 그를 형편없는 사람으로 보이게 했으니까요. 그러자 나도 그
에게 화가 나기 시작하더군요. 나는 자신의 직업이라는 작은 세
계의 구조에 그렇게 완전히 빠져 있는 그를 존경할 수 없었어
요. 그래요, 나도 전에는 일에만 집중하라는 회사의 충고에서
위안을 얻었죠. 하지만 이제는 금융 거래를 성사시키려고 노력
하는 과정에서, 정작 나의 현재 감정에 영향을 미치는 중요한
개인적, 정치적 문제들에 대해서는 전혀 생각하지 않는다는 걸
깨달았던 거죠. 달리 말해, 내 블라인드가 걷히고 있었던 거예
요. 나는 내 시야가 갑작스럽게 넓어지자 어지러워 꼼짝 못 하
고 있었어요.

나는 내키지 않는 마음으로 이 회의, 저 회의에 참석하는 내
모습을 후안바우티스타가 지켜보고 있다는 걸 알았어요. 그는

문을 열어 놓고 있었어요. 그의 책상은 복도를 볼 수 있는 위치에 있었어요. 한번은 내가 지나가는데, 그가 나를 불렀어요. "현대 펀자브 시인들을 조사해 봤는데 숙부님 성함이 뭐라고 했죠?" 내가 이름을 얘기해 주자 그가 고개를 끄덕였어요. 그는 스페인어 번역판 사화집에 그가 언급된 걸 보았다고 했어요. 나는 그걸 알고 놀랐고, 기분이 좋았어요. 하지만 내가 응수하기도 전에 그가 말을 이었어요. "당신은 다른 동료들과 많이 다른 것 같아요. 다소 허둥지둥하는 것도 같고." 나는 놀라서 대답했어요. "전혀 그렇지 않습니다." 그리고 이렇게 덧붙였어요. "하지만 발파라이소에 상당히 감명받고 있긴 합니다." 그는 나에게 파블로 네루다의 집에 가 보라고 했어요. 저녁에는 문을 닫으니까 낮에 가라고 했지요. 그걸로 우리의 짧은 대화는 끝났어요.

나는 어째서 후안바우티스타가 나를 지목했는지 결코 알지 못했어요. 어쩌면 그는 감정이입에 뛰어난 사람이어서 내가 궁지에 몰렸다는 걸 알았는지도 모르죠. 그래서 동정심에서 나를 도와줄 결심을 했는지도 모르죠. 혹은 적 중에서 약하고 쉽게 제압할 수 있는 사람을 골랐는지도 모르죠. 어쩌면 단순한 우연이었는지도 모르고요. 나는 감정적으로는 이 중 첫 번째 가능성을 믿고 싶어요. 여하튼, 후안바우티스타는 나의 변화에 상당한 계기를 부여했어요. 지금까지도 계속되는 변화 말이죠.

그런데 내가 너무 앞서 나갔군요. 여하튼 후식이 나왔네요. 그런데 웨이터가 그릇을 하나만 갖고 왔군요. 나는 당신이 맛만 보고 말 거라고 생각했죠. 나도 지금은 배가 부르니 마찬가지네

요. 어때요? 입술을 오므리는 걸 보니 불길한 징조군요. 너무 달
다고요? 흥미롭군요. 나는 늘, 당신네 사람들이 단 것을 좋아하
는 게 나와 다소 비슷하다고 생각했거든요. 하지만 당신은 예외
인지 모르죠. 여행을 많이 하다 보니, 당신네 사람들이 좋아하
는 탄산수와 아이스바로부터 멀어졌는지도 모르죠.

　나도 그해 1월, 멀리 여행을 갔어요. 그런데 네루다의 집은 실
제로는 라호르에서 멀리 떨어져 있었지만, 그런 느낌이 안 들더
군요. 물론 지리적으로 보면 아주 멀었어요. 하지만 정신적인
면에서 보면, 내가 사는 도시에서 상상 속 대상(隊商)을 따라가
거나, 밤에 라비 강과 인더스 강을 따라 돛단배를 타고 가면 되
는 거리에 있는 것 같았어요. 나는 부사장에게 유통 센터를 조
사하러 간다고 핑계를 댔어요. 그리고 바다가 보일 때까지 산을
올랐어요. 바다를 보니, 갈매기들이 나와 같은 높이에서 날고
있더군요. 가난한 지역이었어요. 벽에는 낙서처럼 생긴 화려한
벽화들이 그려져 있었어요. 아이들은 나무 수레 위에서 뛰놀고
있었는데, 수레라곤 하지만 선박용 컨테이너에 바퀴가 달린 것
들이었어요. 집 자체는 아담하고 아름다웠어요. 만에 떠 있는
배 같더군요. 아래쪽에는 정원이 있었고, 기둥 뒤에는 볼록 거
울이 있더군요. 네루다는 그 거울로 친구들에게 그들이 술에 취
했다고 착각하게 만들었대요. 나는 테라스에서 서성거리며 해
가 내려가는 모습을 바라보았어요. 멀리서 누군가가 기타를 치
고 있더군요. 노랫말이 없는 고운 멜로디였어요.

　나는 에리카를 생각했어요. 문득 내가 그녀와 의사소통에 실

패한 부분적인 이유가, 내가 어디에 서 있는지 알지 못했기 때문이었다는 생각이 들더군요. 내게 안정적인 **중심**이 없었던 거죠. 나는 내가 어디에 속하는지 확신이 없었어요. 뉴욕인지, 라호르인지, 아니면 양쪽 다인지, 아니면 어느 쪽도 아닌지 확신이 없었던 거죠. 그래서 그녀가 도와 달라고 손을 뻗었을 때, 나는 그녀에게 실질적으로 줄 것이 없었던 거죠. 어쩌면 그래서 내가 크리스인 척하려고 했던 건지도 모르죠. 나 자신의 정체성이 너무 약했으니까 말이죠. 하지만 그래서, 그러니까 그녀 내부에 있는 고질적인 노스탤지어에 대한 대안을 제시하지 못해서, 에리카를 혼란 속으로 더 깊숙이 밀어 넣었는지도 모르죠. 나는 그런 생각을 그녀에게 이메일로 전하기로 결심했어요. 일종의 사과이기도 했고, 그녀가 거의 끊어 버린 우리 사이의 접촉을 다시 시작하고 싶어서기도 했죠. 나는 내가 쓴 것을 읽어 보지도 않고 보냈어요.

그런데 며칠이 지나도 아무 연락이 없더군요. 나는 희망을 잃어 가기 시작했어요. 나는 부모님에게 전화를 걸었어요. 그분들은 내게 파키스탄 상황이 아직도 아슬아슬하다고 했어요. 인도가 미국과 공모한다는 소문이 있다고 하더군요. 두 나라가 무력으로 위협해 우리 정부가 정책을 바꾸도록 압력을 넣고 있다는 거였어요. 교체할 시기가 지난 지 오래된 우리 집 수도관이 파열되었다고 하더군요. 이제는 수압이 너무 낮아 샤워를 하는 게 불가능하다며, 양동이와 바가지로 샤워를 한다고 하더군요. 그런 말을 듣자, 나는 다시 내 상황의 부조리를 생각하게 됐어요.

가족이 어려울 때, 나는 집으로부터 천리만리 떨어져 있었어요.

그 당시, 내가 그분들에게 도움이 될 수 있는 유일한 길은 돈을 보내는 거였어요. 그래서 나는 모아 놓은 약간의 돈을 보냈죠. 아버지는 그걸 받으려 하지 않았기 때문에 형한테 전신으로 보냈어요. 내가 거래하는 은행에 전화해 송금을 요청하면서, 나는 직장의 중요성을 깨달았어야 해요. 결국 내게는 다른 수입원이 없었으니까요. 하지만 나는 계속 일에 무관심했어요. 부사장을 속일 가능성도 더 이상 없더군요. 직무 태만이 너무 명백했으니까요. 그의 비난은 점점 거칠어졌어요. 그때를 되돌아보면, 나는 왜 그가 짐에게 전화를 해 나를 교체해 달라고 요구하지 않았는지 모르겠어요. 물론 전적으로 놀랍진 않죠. 우리 회사에서 부사장의 일은 가능한 한 자율적이어야 했어요. 직함에 '부'라는 말이 괜히 붙는 게 아니니까요. 능력 있는 부사장은 무슨 일이 생기든 **업무를 처리하는** 사람이었어요. 도움을 너무 빨리 요청하는 건 자기 능력에 대한 상급자의 믿음에 금이 가게 만드는 일이었을지도 모르죠.

나는 분명히, 거대한 변화의 문턱에 있었어요. 마지막 촉매가 필요했을 뿐이지요. 나의 경우, 그 촉매는 점심의 형태를 취했어요. 후안바우티스타의 초대가 나의 무장을 해제했어요. 어느 날, 그의 사무실 앞을 지나갈 때, 그는 발파라이소에 갔으면서도 소금에 요리한 농어를 먹어 보지 않은 건 수치스러운 일이라고 하면서, 그날 오후 좋아하는 식당에 가려고 하는데 한가하면 같이 가자고 했어요. 나는 영광이라고 말했죠. 예의상, 그리고 호기심에서, 그렇게 말한 거죠. 또한 우리 팀이 쓰는 방의 불쾌한 분위기로 돌아가지 않으려는 아무 구실이라도 생겼으면 싶었어요. 여하튼 나는 금세, 다른 누구보다도 우리 고객이 회사를 구입하는 데 실패하기를 바라는 남자와 함께 거리를 걸어가고 있더군요.

후안바우티스타는 모자를 쓰고 지팡이를 들고 있었어요. 그는 걸음이 너무 느렸어요. 그런 식으로 뉴욕 횡단보도를 건너면 불법이 될 수도 있을 정도였어요. 자리에 앉자 그가 주문을 했어요. 그리고 내게 말했어요. "내가 젊은이를 유심히 살펴보았는데, 혼란스러워하는 것 같아요. 개인적인 질문을 해도 될까요?" "그럼요." "다른 사람들의 삶을 망치는 일을 하면서 생계를 꾸리는 것이 혼란스러운가요?" "우리는 평가를 합니다. 뭘 사고 뭘 팔지, 혹은 우리가 평가를 한 후 회사에 무슨 일이 생길지를 결정하는 게 아닙니다." 그가 고개를 끄덕이더군요. 그는 담배에 불을 붙이고 와인을 한 모금 마시더니 묻더군요. "예니체리에 대해 들어 본 적 있나요?" "없습니다." 그가 설명했어요. "예니체리는 오스만 제국에 사로잡혀 당시에 세계에서 가장 강력한 군대였던 이슬람 군대에서 군사 훈련을 받은 기독교 소년들이었어요. 그들은 사나웠고 대단히 충성스러웠죠. 그들은 그들 자신의 문명을 없애려고 싸웠죠. 그들에겐 돌아설 곳이 달리 없었어요."

그는 담뱃재를 재떨이에 떨면서 물었어요. "미국에 몇 살 때 갔죠?" "대학에 다녔으니, 열여덟 살 때였어요." "훨씬 나이가

주저하는 근본주의자

많았군요. 예니체리들은 늘 어렸을 때 잡혔지요. 잊을 수 없는 기억이 있으면 새로운 제국에 충성하는 게 훨씬 어려웠을 테니까." 그는 미소를 지으며 그 문제에 대해서는 더 이상 얘기하지 않았어요. 곧 음식이 나왔어요. 농어 요리는 그가 얘기했던 것처럼 훌륭했어요. 불행히도 맛이 어땠는지 기억이 나질 않네요.

당신 표정을 보니 뭔가 잘못됐다고 생각하는 것 같군요. 그 대화가 실제로 있었느냐고요? 후안바우티스타라는 사람이 실제로 있었느냐고요? 물론이지요. 날 믿어도 돼요. 진실이 아닌 것을 꾸며 내는 버릇은 없으니까요. 게다가 꾸며 낸다고 해도, 그 사건이 내가 지금까지 당신에게 얘기했던 어느 일보다 더 허위일 이유는 전혀 없어요. 이봐요, 그런 질문을 이렇게 늦게 하기에는 우리가 너무 많은 얘기를 했어요.

여하튼 후안바우티스타의 말에 나는 깊은 생각에 빠졌어요. 나는 그날 밤, 내 처지를 생각하며 밤을 새웠어요. 사실, 의심의 여지가 없었어요. 나는 근대적인 예니체리였어요. 미국이 나와 같은 혈족인 나라를 침략하고 또 내 나라가 전쟁 위협에 직면하도록 공모하는 상황에서, 미국이라는 제국의 하인 노릇을 하고 있었으니까요. 물론 나는 몸부림쳤죠! 물론 마음이 찢긴 상태였고요! 나는 언더우드샘슨 사람들, 제국 관리들과 함께 내 운명을 함께하면서도, 후안바우티스타와 같은 사람들에게 동정심을 느꼈죠. 제국이 그 자신의 이익을 위해서라면 아무 생각 없이 삶을 뒤집어엎는 그런 사람들에게 말이죠.

아침이 되자, 나는 총살 집행대에 설 사람 같은 태도를 취하

며(아니, 너무 극단적인 표현이네요. 특히 이런 저녁에는 너무 위
험한 비교네요. 하지만 당신은 무슨 뜻인지 이해할 거예요.) 부사
장에게 더 이상 일하지 않겠다고 말했어요. 그는 당황하더군요.
"일하지 않겠다니 무슨 말이지?" "나는 끝났어요. 뉴욕으로 돌
아가려고 합니다." 그는 허둥지둥했어요. 짐과 화상 회의를 후
다닥 시작하더군요. 그답지 않게 긴장한 짐의 목소리가 스피커
폰으로 들리더군요. "자네 마음에 뭔가가 있다는 건 알고 있네.
하지만 자네가 이런 상태로 걸어 나가면 자네는 우리 회사에 손
해를 끼치는 거야. 자네 팀원에게도 상처를 주는 거고. 찬게즈,
군인들은 전쟁을 할 때, 그들의 깃발을 위해 싸우는 게 아니야,
친구들과 동료들을 위해 싸우는 거야. 그들의 팀을 위해서 말이
야. 지금 자네 팀원이 자네한테 있어 달라고 부탁하고 있네. 나
중에 휴가가 필요하면 그렇게 하게."

　짐의 말에 내가 잠시 멈칫했다는 건 인정해야겠네요. 나는 그
를 많이 존경했거든요. 그는 늘 내 편을 들어 줬는데, 나는 그때
그를 배반하려 했어요. 나를 대신할 사람을 보내 작업 속도를
높인다 해도, 마감일에 맞춰 평가 작업을 끝내지 못할 가능성이
있었죠. 짐은 날 믿고 너그럽게 나를 파견해 줬는데, 나는 그의
뺨을 때리는 것으로 응수하고, 더욱이 회사가 재정적으로 어려
운 상황에서 뻔뻔스럽게 행동한 거죠. 게다가 나는 직장을 잃으
면 비자도 만료되어 미국을 떠날 수밖에 없는 상황이었죠. 그래
도 그 순간, 그런 것들에 관해선 고민하지 않기로 결심했어요.
나는 에리카와 같이 있을 희망을 버리는 건 아닌지 어쩐지 고민

하고 싶지 않았어요. 내가 아는 건, 근본적인 것에 집중하는 나 날들이 끝났다는 것뿐이었어요. 그래서 나는 다음 날 저녁, 예 정했던 것보다 이 주 일찍, 뉴욕행 비행기에 올랐어요.

아, 웨이터가 녹차를 갖고 오네요. 녹차는 무거운 식사를 한 후 소화에는 최고죠. 훌륭한 서비스 아닙니까? 웨이터는 와야 할 때 온 거예요. 그가 우리를 너무 자세히 지켜보고 있었다고 생각할 필요는 없어요. 어차피 밤이 늦어져 관심을 쏟을 다른 손님들이 더 이상 남아 있지 않으니까요.

11

텅 빌 때, 공공장소의 성격이 확 바뀌는 걸 보면 참 이상해요.
버려진 놀이공원, 셔터가 내려진 오페라 하우스, 빈 호텔 같은
공공장소 등이 말이죠. 영화에서 보면 그런 곳들은 종종 오싹한
사건들의 배경으로 나오잖아요. 이 시장도 마찬가지네요. 동료
방문객들의 숫자가 확 줄고 몇 사람만 드문드문 있으니 왠지 불
길하네요. 어쩌면 하늘에 구름이 많은 탓인지도 모르죠. 달이
이따금 구름 사이로 조금씩 보이네요. 혹은 이곳에서부터 사방
으로 뻗은 골목길에 드리운 검은 그림자들 때문인지도 모르죠.
하지만 내 생각에 우리를 가장 산란하게 만드는 것은 **우리만** 있
다는 사실이에요. 도시 한복판인데도 거의 우리만 있잖아요.
아! 냄새 나나요? 부드러운 바람에 실려오는 먼지 냄새 말이에
요. 남쪽 사막의 냄새랍니다. 당신네 나라에서 이 냄새를 맡게
되면, 회전초 하나가 침침한 도로 위에 날리는 카우보이 영화
속 한 장면을 연상하기 십상이죠.

주저하는 근본주의자

샌디에이고에서 뉴욕으로 가는 비행기에서 나를 둘러싼 분위기는 정확히 반대—객실은 밝고 거의 꽉 차 있었어요.—였지만, 내 생각은 이 순간 당신과 나를 둘러싸고 있는 분위기와 흡사했어요. 맞아요, 내 생각은 황량했지요. 미국이 세계에서 행동하는 방식에 내가 늘 분개하고 있었다는 생각이 들더군요. 당신네 나라가 다른 나라 일에 계속 관여하는 건 참을 수 없었어요. 베트남, 한국, 타이완 해협, 중동, 그리고 이제는 아프가니스탄까지 말이죠. 미국은 우리 아시아 대륙을 둘러싼 갈등 대부분과 교착 상태에서 중심적인 역할을 했어요. 게다가 나는 파키스탄인으로서 경험을 통해 미 제국이 힘을 행사하는 주된 수단이 재정이라는 걸 깨달았어요. 원조와 제재를 번갈아 하면서 말이죠. 그런 지배의 과업을 돕는 일을 하지 않겠다고 한 건 옳은 일이었어요. 놀라운 게 하나 있다면, 내가 이런 결론에 도달하는 데 시간이 너무 오래 걸렸다는 거였어요.

뉴욕으로 돌아가면, 예니체리였던 사람의 눈으로 주변을 보기로 결심했어요. 즉, 프린스턴과 언더우드샘슨의 산물답게 분석적인 눈으로 보되, 주로 부분적인 것에만 초점을 맞추려고 하는 대학 졸업생과 전문가의 다양한 강박 관념들에 구속받지 않고, 당신네 사회 **전체**를 보기로 결심한 거죠. 이렇게 보니, 당신네 제국은 대단히 전통적이더군요. 무장한 초병들이 내가 들어가고자 하는 초소에 있더군요. 나는 의심스러운 인종이니까, 격리해서 추가 조사를 하더군요. 일단 들어가자 나는 합법적으로 살기 위해 필요한 허가서가 없기 때문에 보수가 낮은 일을 해야만 하는 농노 계급에 속하는 운전사를 고용했어요. 나 자신도 거기에 있을 권리가 고용주의 변하지 않는 자비심에 달려 있는 계약제 하인이었어요. 나는 침대에 누우며 생각했어요. **고마워요, 후안바우티스타, 이 모든 걸 가렸던 베일을 젖히는 걸 도와줘서 고마워요.**

하지만 내 감정 상태가 특이했던 게 틀림없어요. 반쯤 최면에 걸린 어질어질한 상태였다고나 할까요. 왜냐하면 아침에 잠에서 깨자, 내가 느끼는 감정이 완전히 달라져 있었기 때문이에요. 그때서야 나는 내가 포기하려고 하는 것이 얼마나 큰 것인지 실감했어요. 내가 어디에서 그렇게 굉장한 수입을 벌어들일 수 있을까 싶더군요. 돈도 없고 집안 배경도 없고, 그렇게 젊은 나이에 말이죠. 내가 나중에 마술처럼 짜릿하고 흥분되는 가능성의 도시를 그리워하게 되지나 않을까 싶었어요. 에리카에 대한 내 의무, 혹은 그녀에 대한 욕망에서 태어난 나 자신에 대한 의무는 어떻게 되나 싶었어요. 짐을 어떻게 대하나 싶었어요.

당신이 거창한 사랑과 관련된 낭만적 관계가 깨지는 걸 경험한 적이 있다면, 내가 경험했던 것을 어쩌면 이해할지도 모르죠. 그런 상황에서는 생각할 수도 없는 것이 말해지는 열정의 순간이 보통 있는 법이지요. 마침내 해방됐다는 행복감이 그 뒤를 잇죠. 세상이 처음으로 본 것처럼 새로워 보이죠. 그리고 불가피하게 의심하는 시기가 다가오고, 과거를 돌아보며 필사적으로 후회하게 되죠. 나중에 가서야 감정이 걷히고, 자신이 거쳐 온 여정을 침착하게 바라볼 수 있게 되죠. 나의 의심과 후

주저하는 근본주의자

회는 다소 빠르게 다가왔어요. 전에도 자주 그랬던 것처럼 말이죠. 나는 마지막으로 언더우드샘슨에 출근하려고 지하철에 탔을 때, 자신의 무릎이 불가능할 정도로 꼬이는 걸 목격하지만 아직 고통은 느끼지 못한 사람이 경험한 것과 흡사한 충격 속에 있었어요.

내가 실수를 했다고 확신했다는 말이 아니에요. 제발 나를 이해해 주세요. 나는 내가 실수하지 **않았다는** 걸 확신하지 못했을 뿐이에요. 달리 말해, 나는 혼란스러웠어요. 그런데도 나는 자존심 때문에, 내 안에 있는 예기치 않은 슬픔에 영향을 받지 않은 것처럼 보여야 했어요. 나는 고귀하고 멋진 사원의 반짝이는 외관을 떠올리게 하는 인상적인 응접실이나 창문에서 내려다보이는 화려한 광경에 이제는 눈길을 오래 두지 않으려 했어요. 내가 한때 수백 명 중에서 선발되었다는, 우아하게 인쇄된 증거인 명함 상자를 주머니에 넣는 걸 나 자신에게 허용하지도 않았어요. 나는 내 양옆에 서서 내가 얼마 되지 않는 소지품들을 작은 마분지 상자에 넣는 걸 지켜보고, 나를 인사관리부로 안내해 퇴직 수속을 밟게 한 두 보안 요원들한테 나 자신을 맡겼어요.

놀랍게도 간단하더군요. 엄격하고 대단히 형식적이었지만 비난도 없었어요. 필요한 서류에 서명하고 작업 향상 지표와 관련 있는 데이터가 수집되자, 짐이 나하고 얘기하고 싶어 한다고 하더군요. 그는 검정 넥타이에 검정 양복을 입고 있었어요. 장례식에 어울리는 색깔 같았어요. 그는 잠을 잘 못 잔 것 같더군요.

그가 말했어요. "정말로 자네가 우리를 망쳤어." "저도 압니다. 죄송합니다." 그의 말이 이어졌어요. "나는 직장에서 느끼는 동정심을 크게 믿는 사람이 아니야. 자네를 해고하는 문제를 두 번 생각하지도 않았어. 사실, 한 달 전에 자네를 해고해서 발파라이소에서 자네 때문에 생긴 걱정거리를 덜었더라면 싶어. 하지만 말이야." 그는 잠시 멈췄다가 말을 이었어요. "한 가지 자네한테 말해 주고 싶은 게 있어. 찬게즈, 나는 자네가 좋아. 나는 자네가 위기를 겪고 있다는 걸 알 수 있어. 자네가 가슴에 맺힌 뭔가를 걸어 내고 싶고 얘기할 사람이 필요하면, 전화해. 맥주 한잔 사 줄 테니." 목이 조여 오더군요. 대답을 할 수가 없었어요. 나는 천천히 머리를 끄덕였어요. 인사를 하듯 말이죠.

짐의 사무실을 나온 후, 보안 요원들이 나를 엘리베이터까지 데리고 갔어요. 지난 몇 주 동안 내가 수염을 기르고 적대적인 태도를 취하면서 내 동료들한테 심어 놓은 불신이 얼마나 깊은지 깨달았어요. 웨인라이트만이 나한테 와서 악수를 하고 잘 가라고 했어요. 나한테 눈길을 준 다른 사람들은 불편한 마음으로 그렇게 했어요. 어떤 사람들은 내가 도중에 일을 그만둔 게 아니라 그들을 죽이려는 음모를 꾸미다가 형을 받았을 경우에 더 적합할 두려운 감정을 보이더군요. 보안 요원들은 내가 건물 밖으로 나갈 때까지 나를 떠나지 않았어요. 그때서야 나는 손등으로 눈을 비빌 수 있었어요. 내 눈에 눈물이 조금 고이고 있었거든요.

당신은 내가 스물두 살에 불과했고 그곳이 나의 첫 직장이었

주저하는 근본주의자

다는 걸 알아야 해요. 그 나이에, 그리고 그런 상황에서는 사건들이 다소 감정적이고 과장된 영향을 미치게 되는지도 모르죠. 여하튼 세상이 끝난 것 같더군요. 사실이 그랬고요. 나는 걸어서 이스트빌리지로 갔어요. 내가 걷는 모습이 다소 이상했을 것 같아요. 텁수룩하고 미친 듯한 파키스탄인이 아무 표시도 없는 상자를 들고 맨해튼 중심을 통과했으니까요. 하지만 행인들이 나한테 귀찮게 말을 걸었던 것 같지는 않아요. 설령 그랬더라도, 나는 다른 생각에 몰두해 있었을 거예요.

나는 아파트에 가서 위스키를 한 잔 마시며 생각했어요. 아직 이른 시각이었어요. 정오도 안 된 시각이었으니까요. 그래서 나는 집에 전화를 하기로 했어요. 형이 받더군요. 형은 내가 보낸 돈을 받았다며, 인부들이 벌써 땅을 파 부식된 수도관을 들어냈다고 하더군요. 내일쯤이면 바뀌어 있을 거라더군요. 나는 형에게 라호르로 돌아갈 거라고 했어요. 형은 나를 말리려고 했어요. 인도와의 긴장 상태가 고조되고 있다면서요. 최근에 이슬라마바드에 다녀왔는데, 대사관과 비정부기구에 속하는 외국인들의 배우자와 아이들이 나라를 떠나고 있었대요. 나는 선택의 여지가 없다고 했어요. "해고당했거든. 비자가 곧 만료될 거야." 형은 나한테 당연히 가족이 나를 돌볼 거라고 했어요. 나는 내가 가족들을 돌보고 싶었다고 말하지는 않았어요. 나는 전화를 끊은 후, 한동안 술잔을 들고 있었어요.

그런데 당신 잔이 빈 지 오래됐군요. 계산서 달라고 할까요? 이렇게 한 번 싹 흔들면 되죠. 저기 오네요. 얼마냐고요? 걱정하지 마세요. 당신은 손님이니까 이건 내가 낼게요. 몇 푼 안 돼요. 반절 내겠다고요? 안 돼요. 게다가 여기에서는 다 내든지 안 내든지, 둘 중 하나예요. 그러고 보니까 당신네 나라에 처음 도착했을 때, 돈을 나눠서 내는 걸 보고 얼마나 이상하게 생각했던지 생각나는군요. 나는 그런 문제에 있어서는 계산이 정확한 것보다 서로 너그러운 쪽이 좋다고 배우며 자랐어요. 물론 시간이 주어지면, 양쪽 다 괜찮겠죠.

하지만 나는 정신 병원에 들어가 버린 애인과 어떻게 연락하는 게 최선인지는 알지 못했어요. 그래서 에리카한테 이메일을 쓸까, 아니면 그녀를 직접 만날까 망설였죠. 결국 나는 결심이 섰어요. 그런데 이메일을 보내니까 자꾸 되돌아왔어요. 메일함이 가득 차서 배달할 수 없다는 통지와 함께 말이죠. 그래서 나는 차를 빌려 예고 없이 병원을 찾아갔죠. 나는 접수구에서 초대받지 않고 온 방문객은 환영을 못 받는다는 얘기를 들었어요. 여하튼 그들은 에리카가 거기에 있는지 확인해 주지 않았어요. 그런데 그들이 막 나한테 가 달라고 하려고 할 때, 내가 전에 왔을 때 만났던 간호사가 보였어요. 나는 그녀에게 나를 대신해 부탁 좀 해 달라고 했어요.

"내가 이분과 얘기할게요." 그녀는 접수원한테 얘기하고 나를 옆으로 데려갔어요. 그녀는 당황한 듯 보였어요. 그녀가 나한테 앉으라고 하며 물었어요. "당신은 뭘 알죠?" "뭐에 대해 안다는 거죠?" "정말 미안해요. 에리카는 떠났어요." 나는 **떠났다**는 말이 무슨 말이냐고 물었어요. 간호사가 설명해 주더군요.

주저하는 근본주의자

에리카는 이 주 전에 떠났다고 했어요. 내가 그녀를 마지막으로 본 직후였어요. 그녀는 병원에 처음 왔을 때 혼자 있는 걸 싫어했다고 했어요. 그녀는 간호사들과 상담원들과 동료 환자들, 그리고 특히 나와 얘기했던 간호사와 많은 시간을 보냈다고 했어요. 그런데 마지막에는 점점 혼자 돌아다니더래요. 그러다가 어느 날 나가서 돌아오지 않았대요. 허드슨 강이 내려다보이는 절벽에 그녀의 옷이 말끔히 개어진 채 있더래요.

"자살을 했다는 말인가요?" "아무것도 찾아내지 못했어요. 그녀는 메모도 남기지 않았고요. 엄밀하게 말해서 그녀는 행방불명자죠. 하지만 그녀는 모든 사람에게 작별 인사를 했었어요." 나는 그녀에게 에리카가 뛰어내렸을지 모르는 곳을 보여 줄 수 있느냐고 물었어요. 그녀는 나를 데리고 그 자리로 갔어요. 자살을 하기에 아름다운 장소더군요. 눈 덮인 침엽수 사이를 달려 화강암에서 솟구치고, 굴뚝에서 연기가 나오는 작은 집이 있는 거대한 강 저편 먼 둑을 바라보며 허공을 가르고, 결국 차가운 물속으로 몸을 던지기에 아름다운 장소더군요. 하지만 나는 에리카의 창백한 나신이 호를 그리는 걸 상상할 수 없었어요.

그래서 나는 차를 몰고 도시로 돌아가 그녀의 아파트로 곧장 갔어요. 에리카의 어머니는 화장을 하지 않은 맨 얼굴이었어요. 나는 그녀의 눈썹이 거의 없다고 할 수 있을 정도로 가늘다는 걸 그때 알았어요. 나는 그녀에게 정신 병원에서 돌아오는 길이라고 말했어요. 나는 그녀에게 에리카로부터 연락받은 게 없느

냐고 물었어요. 그녀의 어머니는 내가 이유 없이 자신의 뺨을
때린 것처럼 나를 쳐다보았어요. 그녀가 스스로를 수습하며 지
친 듯 말했어요. "없어요. 애석하게도 없어요." "어머님을 도울
수 있다면 무엇이든 하겠습니다." "고마워요." 그녀는 이렇게
말하며 나를 안으로 들어오라고 했어요. 그녀는 내게 비상 구급
대에서 아직도 에리카를 찾고 있고, 지역 신문들에 계속 광고가
나가는데, 그 외에는 할 수 있는 게 거의 없다고 했어요. 우리는
중요하지 않은 다른 일들에 대해 얘기하려고 해 봤지만 그것도
어렵더군요. 그녀가 내게 어떻게 지내느냐고 물었을 때, 나는
방금 해고당했다고 말했어요. 그리고 내가 똑같은 질문을 하자
그녀는 희미한 미소만 짓더군요. 그래서 결국 우리는 주로 아무
말 없이 앉아 있었어요. 그래도 내가 떠나기 전, 그녀는 두 가지
행동을 했어요. 나한테 친절하려고 그랬던 것 같아요. 첫째는
에리카가 수염 기른 내 모습이 멋지다고 했다는 말을 해 준 것
이고 둘째는 나한테 에리카의 원고를 준 것이었어요. 그녀가 말
했어요. "당신이 읽고 싶어 할지 몰라서 주는 거예요."

　나는 일주일 넘게 그 원고를 읽지 않았어요. 텔레비전 위에
그냥 놓여 있었어요. 그 동안, 나는 에리카가 연락해 오기를 기
다렸어요. 이메일이나 전화로 연락하거나 초인종을 누르기를
기다렸던 거죠. 하지만 아무 소식도 없었어요. 나는 그녀가 나
를 데리고 갔던 곳들을 돌아다녔어요. 그녀를 볼지 모른다고 생
각해서였는지, 아니면 우리에 관한 뭔가를 볼지 모른다고 생각
해서였는지, 지금도 잘 모르겠어요. 나는 어떤 장소들은 찾을

수가 없었어요. 예를 들어 우리가 첫 데이트를 했을 때 갔던 첼시의 미술관은 찾을 수가 없었어요. 미술관은 존재하지 않았던 것처럼 사라지고 없었어요. 우리가 소풍을 갔던 센트럴파크 같은 곳들은 찾기가 쉬웠지만 변한 것 같았어요. 어쩌면 계절이 바뀌어서 그랬는지도 몰라요. 변하는 것이 도시의 속성이었는지도 모르죠.

나는 9월에 에리카를 만났을 때를 떠올렸죠. 그때만 해도 우리 관계는 아직 출발선에 있었거든요. 월드트레이드센터에 대한 공격이 있은 직후였죠. 9월은 보통 여름이 가고 가을이 오는 것과 관련 있지만, 나한테는 늘 시작의 달이었던 것 같았어요. 일종의 **봄**이었던 거죠. 학기가 시작되는 달이었으니까요. 나는 미래에 대한 낙관에 부풀어, 9월에 뉴욕에서 삶을 시작했으니까요. 어느 날 저녁, 나는 에리카와 유니언스퀘어를 걸어가고 있었어요. 그런데 개똥벌레 한 마리가 눈에 띄었어요. 그녀가 놀라서 말했어요. "저기 좀 봐요! 저 녀석이 건물들하고 경쟁하려고 하네요." 정말 그랬어요. 작은 녹색 불빛은 가까이 가면 보이지만 조금만 떨어져서 보면 도시의 밝음에 묻혀 버렸어요. 우리는 그 녀석이 14번가를 지나 남쪽으로 향하는 걸 바라보았어요. 에리카는 내 가슴에 등을 대고 앞에 서 있었어요. 나는 그녀를 안으면서 배에 손바닥을 댔어요. 친밀한 몸짓이었죠. 임신한 아내의 배에 손을 대는 예비 아빠의 모습처럼 말이죠. 그녀가 내게 몸을 기댔어요. 나는 그녀가 숨을 쉴 때 근육이 움직이던 느낌을 아직도 기억해요. 택시 한 대가 지나갔어요. 그러면서

우리는 개똥벌레를 놓쳤어요. 그녀가 내게 물었어요. "개똥벌레
가 잘 갔을까요?" "모르지만 그랬으면 좋겠어요."

그녀가 사라진 후, 나는 깨어 있는 시간이면 그런 기억들에
사로잡혀 있었어요. 꿈을 꿔도 그런 기억들에 관해서였던 것 같
아요. 그 당시에는 그런 기억이 그녀와의 유일한 접촉이었어요.
하지만 결국 나는 그녀의 어머니가 내게 준 원고를 읽게 됐어
요. 솔직히 말하면, 겁났어요. 원고를 읽는 것이 에리카의 목소
리를 마지막으로 듣는 게 될지도 모른다는 느낌이 들었죠. 나는
그 목소리가 어떨지 조바심을 쳤어요. 하지만 그녀의 소설은 괴
로운 자전적 이야기가 아니었어요. 모험담에 지나지 않았어요.
무인도에서 살아가는 법을 익히는 소녀의 모험담 말이죠. 이야
기에는 희망이 가물거렸어요. 대부분은 묘사가 많지 않았지만,
때로는 세세하게 묘사된 부분들이 있었어요. 예를 들어, 떨어진
과일 표면을 묘사하거나 물속에 있는 가재의 더듬이가 흔들거
리는 모습을 묘사할 때 그랬죠.

나는 에리카가 쓴 글의 리듬이나 소리에서 그녀를 짚어 낼 수
가 없었어요. 착오 같았어요. 나는 아무런 실마리도 찾아내지
못했어요. 너무 의도적이고 너무 결연해서 당황스러웠어요. 동
시에 엄청난 감동을 받았어요. 나는 원고를 내려놓으며, 에리카
가 살아 있는지 죽었는지 확신이 없었어요. 하지만 나는 그녀가
내 이야기의 일부가 되지 않기로 했다는 걸 이해하기 시작했어
요. 그녀의 이야기는 너무 흥미로웠어요. 그녀는 그 순간, 그 나
름의 방식으로 그 이야기를 끝까지 따라가고 있었어요. 내가 닿

을 수 없는 것들을 지나서 말이죠. 나는 나 스스로 떠날 준비를
하는 것 말고는 선택권이 없다는 걸 깨달았어요.

나는 뉴욕에서의 마지막 날들을 고요한 마음으로 보냈다고
말하고 싶지만, 사실은 그런 것과는 거리가 너무 멀었어요. 나
는 종잡을 수 없는 감정의 미치광이였어요. 느닷없이 화를 내기
도 하고 우울증에 빠지기도 했어요. 때때로 침대에 누워 에리카
가 왜, 그리고 어디로 갔는지, 똑같은 질문을 계속했어요. 때때
로 사람들을 자극하려고 내 수염을 과시하며 거리를 거닐었어
요. 나에게 적대적인 행동을 할 정도로 저돌적인 누군가와 한바
탕 붙고 싶었죠. 모욕적인 것들은 어디에나 있었어요. 역사의
그 순간, 당신네 나라에서 나오는 말들은 나를 계속 자극하고
화나게 했어요. 정부만이 아니라 방송 매체와 비판적인 기자들
의 입에서까지 나오던 말들 모두 말이죠.

당시에는, 솔직히 지금도 그렇긴 해요, 미국은 거드름만 피우
고 있었어요. 하나의 사회로서 당신들은 당신들을 공격한 사람
들과 당신들을 묶어 주는 고통에 대해 생각하지 않으려 했어요.
당신들은 다르다는 근거 없는 믿음과 우월하다는 착각에 빠져
있었어요. 그리고 그런 생각들을 세계 무대에서 실현에 옮겼어
요. 그래서 지구 전체가 당신네 분노의 여파에 요동쳤어요. 수
천 킬로미터 떨어진 곳에서 전쟁에 직면한 내 가족도 마찬가지
였죠. 그런 미국은 다른 인류를 위해서만이 아니라 당신들을 위
해서도 제지당해야 했어요.

나는 내가 할 수 있는 최대한 그렇게 하기로 결심했어요. 하

지만 우선은 떠나야 했죠. 내가 JFK 공항으로 간 건 어느 화창한 오후였어요. 정신 병원을 찾아갔다가 허드슨 강 위 절벽에 갔던 오후를 떠올리게 하는 날씨였어요. 나는 에리카가 옷을 벗고 그녀의 과거를 훌훌 털어 버린 후 숲 속을 걷다가, 급기야 그녀를 받아들이고 그녀에게 먹을 것을 주는 어떤 친절한 여자를 만나는 모습을 상상했어요. 그녀가 그렇게 걸었을 때 몹시 추웠을 것 같았어요. 그래서 나는 재킷을 벗어 보도 위에 놓았어요. 일종의 선물로 말이죠. 파키스탄에 돌아가기 전, 나의 마지막 몸짓으로 말이죠. 에리카를 위한 따뜻한 마음으로 말이죠. 죽은 사람을 위해 꽃을 놓는 방식이 아니라, 살아 있는 사람 머리 주변에 지폐를 빙빙 돌리듯 말이죠. 나중에 터미널 유리창으로 보고 내 행동이 경보 발령을 일으켰다는 걸 알았어요. 나는 화가 나 고개를 절레절레 흔들었어요.

　내가 미국을 멈추게 하려고 정확히 뭘 했느냐고요? 정말로 감이 안 오나요? 당신, 머뭇거리는데 걱정하지 말아요. 대답을 강요할 정도로 무례한 사람은 아니니까요. 내가 뭘 했는지 말해 주죠. 하지만 별것 아니에요. 당신이 기대했던 것이 아닐지 몰라 두렵군요. 하지만 우선 이 시장에서 나갑시다. 셔터가 닫히고 있으니까요. 불쾌한 인간들도 얼씬거릴지 모르고요. 당신은 어디에 묵고 있나요? 펄콘티넨털이라고요? 내가 모셔다 드리죠. 아뇨, 멀지 않아요. 어둡기도 하고 이 시각이면 우리가 가는 방향에 사람들이 없긴 해도, 괜찮을 거예요. 내가 전에 말했듯이, 라호르는 가벼운 범죄에 관한 한 아주 안전한 편이에요. 게다가

다행스럽게도 우리 둘의 신장이나 외모가 불한당들을 멈칫하게

만들잖아요.

12

당신도 뒤를 돌아봤으니까, 우리만 이곳에서 나가려고 하는 게 아니라는 걸 알았겠군요. 그래요, 다른 사람들도 우리 뒤쪽 몰 도로로 가고 있군요. 이례적으로 아주 상냥했지만 당신 심기를 건드린 것 같은 저 웨이터를 포함해 다른 사람들도 말이죠. 놀랄 거 없어요. 저녁 일이 이제 다 끝났으니까요. 대신, 눈길을 돌려 저마다 파손 상태가 다른, 저 아름다운 건물들을 보세요. 영국 식민지 시절로 거슬러 올라가는 저 건물들은 지리적으로나 건축학적으로, 우리 도시의 고대와 현대를 이어 주는 고리 역할을 하죠. 약국, 안경점, 사리 판매점, 양복점 등, 얼마나 보기 좋습니까. 간판에 형제나 아들이라는 말이 얼마나 자주 등장하는지 보세요. 가족들이 세대에서 세대로 매끈하게 물려 주며 경영하는 곳들이죠. 아뇨, 총과 탄약 판매점은 다르죠. 잘 보셨네요. 하지만 저들이 대부분 매력적이고 다소 색다르다는 건 당신도 인정해야 할 거예요.

주저하는 근본주의자

이 쇼핑 센터는 전혀 다른 문제죠. 윤곽도 거칠고 외형도 답답하죠. 대부분 1970년대와 1980년대에 지어졌답니다. 역사적 보존 의식이 강해지기 전에 말이죠. 저것들은 피부의 염증처럼 이 지역 표면을 얼룩덜룩하게 만들죠. 밤에는 특히 보기 흉해요. 불도 꺼지고 텅 비어 있으니까요. 더욱이 자기 의지와 상관없이 끌려들어가 영원히 사라질 것만 같은 좁은 골목길에 맞닿아 있어요. 그래요, 당신 말이 맞아요. 빨리 갑시다. 아직도 꽤 많이 걸어가야 하니까요.

「슬리피 홀로의 전설」이라는 소설을 잘 아시나요? 영화로 봤다고요? 나는 안 봤지만, 영화는 원작에 충실하겠죠. 소설이 더 강렬할 게 틀림없어요. 가엾은 '이차보드 크레인'은 혼자 말을 타고 가다가, 머리 없는 사람이 말을 타고 있는 걸 처음 보고 오싹한 공포를 느끼죠. 읽는 사람도 오싹해지죠. 솔직히 말해, 나는 밤에 혼자 걸을 때면 때때로 그 딸가닥거리는 소리를 떠올린답니다. 그런데 당신은 이런 생각을 하며 즐거움을 느끼는 나와 다른 게 분명하군요. 당신은 걱정스러워 보이는군요. 그렇다면 화제를 바꿔…….

아까 내가 어떻게 미국을 **떠났는지** 얘기하고 있었죠. 내 경험의 진실을 얘기하다 보니 겉으로 단순해 보이는 말도 복잡해지네요. 나는 파키스탄에 돌아왔어요. 하지만 당신네 나라에서의 삶이 완전히 끝난 건 아니었어요. 에리카와 감정적으로 계속 얽혀 있어서 그랬던 거죠. 나는 그녀의 일부를 나와 함께 라호르로 데려왔어요. 혹은 그녀로 인해 잃어버린 나 자신의 일부를 내가 태어난 도시로 다시 옮겨 올 수 없었다고 말하는 게 더 정확하겠네요. 그런데도 내 감정은 그것에 휘둘렸어요. 애도의 물결이 나를 덮쳤어요. 슬픔과 회한이 어떤 때는 외적인 자극에 의해, 다른 때는 거의 **조수(潮水) 같은**(이보다 더 좋은 말이 없네요.) 내적인 주기에 따라 몰려왔어요. 나는 내 중심에 있는 보이지 않는 달의 중력에 반응했어요. 나는 예상하지 못했던 여행들을 했어요.

예를 들어, 나는 한숨도 자지 못하고 종종 새벽에 일어났어요. 꿈속에서 에리카와 나는 하루 종일 같이 있었을 거예요. 우리는 내 침대에서 자고 일어나 부모님과 함께 아침 식사를 했을 거예요. 우리는 샤워를 하며 서로를 껴안았을 거고, 출근하려고 옷을 입었을 거예요. 우리는 스쿠터를 타고 학교에 갔을 거예요. 나는 그녀의 헬멧이 내 헬멧에 부딪치는 걸 느꼈을 거예요. 직원 주차장에 스쿠터를 세우고, 지나가는 학생들이 그녀를 쳐다보면 재미있어 하기도 하고 화가 나기도 했을 거예요. 그들의 눈길이 어느 정도 그녀의 아름다움에, 어느 정도 그녀의 이국적인 면에 이끌린 것인지 몰랐을 테니까요. 우리는 싸지만 맛있는 저녁을 왕립사원 옆 노천에서 달빛을 받으며 먹었을 거예요. 우리는 일에 관해 얘기도 하고, 아이를 가질 준비가 됐는지도 얘기했을 거예요. 나는 그녀의 우르두어를 교정해 줬을 거고, 그녀는 내 강의 계획을 고쳐 줬을 거예요. 우리는 천장에 붙은 선풍기 소리에 맞춰 침대에서 사랑을 나눴을 거예요.

또한 나는 덜 생생한 건 아니지만 훨씬 덧없이 열중한 적도

주저하는 근본주의자

있었어요. 한번은 장마철 때, 길 옆에 난 타이어 자국에 웅덩이가 생긴 걸 본 적이 있었어요. 비가 와서 그 작은 호수의 둑이 넘치고 있었어요. 그 한가운데에 돌 하나가 섬처럼 자리 잡고 있었어요. 나는 에리카가 그걸 보면 얼마나 좋아할까 생각했어요. 스쿠터를 타고 돌아오는 길에 당한 충돌 사고도 생각나는군요. 그때, 집에 돌아와 옷을 벗으니 옆구리가 시퍼렇게 멍들어 있더군요. 문득 그녀도 한때 그 자리에 멍이 들었었다는 게 떠오르더군요. 나는 거울 속 나를 바라보며 내 살갗에 손을 대어 봤어요. 결국 없어지겠지만 그 멍이 너무 빨리 사라지지 않았으면 싶었어요.

그런 여정들은 내게, 자신의 테두리가 어떤 관계에 의해 흐릿해지고 침범당하면, 되돌리는 일이 늘 가능한 게 아니라는 사실을 확인시켜 줬어요. 아무리 노력해도, 우리는 전에 우리 자신이라고 생각했던 자율적인 존재로 되돌아갈 수 없는 거죠. 우리의 일부는 이제 밖에 있고, 외부의 일부가 이제 우리 안에 있는 거죠. 당신이 나를, 헛소리 지껄이는 미치광이 바라보듯 보는 걸로 보아, 비슷한 경험이 없는 것 같군요. 나는 우리가 모두 **하나**라고 말하려는 게 아니에요. 곧 당신도 확실히 알겠지만, 사실 나는 자신을 보호하기 위해 벽을 세우는 것에 반대하지 않아요. 다만 내가 돌아왔을 때 했던 행동의 일부를 설명하려고 한 것뿐이에요.

나는 적지 않은 재정 압박에도 불구하고, 《프린스턴 동창회 주보》를 받으려고 매년 회비를 냈어요. 그리고 앞표지부터 뒤표

지까지 빠짐없이 읽었어요. 말미에 있는 동창회 소식과 부음란을 특별히 관심 있게 보았죠. 이따금 내가 아는 사람 이름이 보이더군요. 나는 그런 작은 구멍을 통해 내가 뒤에 두고 온 삶을 골똘히 들여다보았어요. 그 세계—나와 같이 그리스에 갔던 사람들과 같은 사람들의 세계—가 어떻게 변했는지 궁금해하면서 말이죠. 하지만 에리카 얘기는 나오지 않았어요. 변덕스러운 국제 우편 때문에 그녀가 언급된 주보를 받아 보지 못했을 수도 있죠. 여하튼 그녀에 관한 언급이 없는 것이 희망적이기도 하고 슬프기도 했어요.

나는 내가 뭘 찾으려고 했는지 몰라요. 그녀의 소설이 출판되었고 그녀가 출판 기념회에 나타나 동창생들을 즐겁게 했다는 소식이었을까요? 그녀의 시신이 발견되었다는 최종 발표였을까요? 동창회 사진에 나오는 그녀의 흐릿한 얼굴이었을까요? 모르죠. 하지만 나는 시간이 흘러도 내가 그걸 열심히 들여다보리라는 건 알았어요. 나는 몇 달 동안 계속해서 그녀에게 이메일을 보냈어요. 그런데 그녀의 계정이 비활성화되더군요. 그래서 그다음부터는 일 년에 한 번씩 보냈죠. 늘 되돌아왔지만요.

형은 내가 스물다섯이 되기 직전인 지난 4월에 결혼했어요. 그러고 나자 어머니는 점점 더 강경하게 나한테 결혼을 하라고 했어요. 어머니는 내가 건강하지 못한 우울증에 걸렸다고 생각하시고, 가정을 꾸리는 것이 내가 내 삶에서 다시 만족감을 찾을 수 있는 가장 확실한 방법이라고 생각하셨어요. 또한 어머니

주저하는 근본주의자

는 내가 친구들과 충분히 어울리지 않고 직장이나 내 방에서 너무 많은 시간을 혼자 보낸다고 생각했어요. 언젠가 어머니는 조바심을 치며 내게 혹시 동성애자가 아닌지 묻기까지 했어요. 나는 어머니에게 에리카에 관한 얘기를 전혀 하지 않았거든요. 얘기하는 게 점점 더 어려워지더군요. 우리 관계는 이제 내 머릿속에서만 번창할 수 있었어요. 그런 걸 어머니와 얘기하는 건 돌이킬 수 없는 해가 될 일일지도 몰랐어요. 어머니는 나를 위해 현실 운운하며 따지고 들었을 테니까요. 물론 내가 정상적인 의미에서 에리카와 관계를 지속하고 있다고 실제로 **믿었던** 건 아니에요. 그리고 그녀가 어느 날 무거운 등짐에 몸을 앞으로 숙이고 미소를 지으며 우리 집 현관에 나타나 나를 놀라게 할 거라고 생각했던 것도 아니에요. 하지만 나는 아직 젊고, 결혼해야 할 필요성을 못 느껴요. 그리고 지금은, 기다리는 것으로 만족해요.

그런데 당신은 달아날 준비를 하는 것 같군요. 뭣 때문에 그렇게 놀랍니까? 멀리서 들리는 저 소리 때문인가요? 당신은 그렇게 생각하지 않겠지만, 저건 총소리가 아니라 지나가는 릭샤에서 나는 불연소 배기가스 소리예요. 릭샤의 이행정 엔진은 정비 상태가 좋지 않아서 저런 소리를 종종 내거든요. 불안한 소리라는 덴 나도 동의해요. 뭐라고요? 누가 우리를 따라온다고요? 내 눈에는 아무도 안 보이네요. 아니, 가만 있어 봐요. 당신 말을 듣고 보니까, 어두컴컴한 데 몇 명이 있는 것 같군요. 그런데 몰 도로를 우리만 걸을 수는 없는 거잖아요. 이렇게 늦은 시각에도 마찬가지죠. 저들은 집으로 가는 노동자들일 가능성이 커요.

그래요, 당신 말이 맞아요. 그들이 멈췄네요. 내가 저들한테 신호를 보냈다니 그게 무슨 말이죠? 당연히 그럴 리가 없죠! 당신과 마찬가지로 나도 저들의 동기와 신원에 대해서 아무것도 몰라요. 저들이 뭔가를 내려놓았거나 자기들끼리 무슨 얘기를 하는 거겠죠. 아니면 우리가 왜 멈췄는지, 우리가 그들에게 나쁜 마음을 먹고 있는 건 아닌지 궁금해하는지도 모르죠. 그래도 지나치게 염려할 필요는 없어요. 어서 갑시다. 결국 라호르는 800만 명이 사는 도시예요. 환영들이 사는 시골 숲이 아니라고요.

당신이 이제 가려고 하니까 다행이네요. 그런데 뭘 찾고 있는 거죠? 아, 당신의 특이한 휴대 전화로군요. 당신 동료들한테 문자를 보내고 싶으면, 우리가 호텔에서 멀지 않다고 알려 주세요. 길어야 십오 분 정도면 도착한다고요. 그러고 보니, 바람직한 결말을 위해서는 서둘러야겠네요. 아까 당신은 나한테 내가 미국을 멈추게 하려고 뭘 했느냐고 물었죠. 우리가 같이 있는 시간이 끝나 가니까, 이제 말해 주죠. 하지만 듣고 실망할지도 몰라요.

내가 뉴욕에서 돌아온 후, 인도와의 긴장 상태는 최고조에 달했어요. 국경 양쪽에 있는 다국적 회사들은 고위급 직원들에게 떠나라는 명령을 내렸고, 제1세계 국가들에서는 자국민들에게 우리가 사는 지역으로 중요하지 않은 여행을 하는 건 삼가라는 경보를 발령했어요. 날씨가 교전의 공식적인 시작을 늦추는 유일한 요인인 것 같았어요. 첫째, 인도가 사막으로 공격을 해 오기에는 너무 더웠어요. 그리고 인도 탱크들이 장맛비가 오는 펀자브 지방에서 돌아다니는 건 대단히 위험했어요. 9월이 전투에는 최적기로 여겨졌어요. 카슈미르의 산길이 10월이 되면 눈으로 막힐지 모르는 일이었으니까요. 그래서 우리는 우리의 9월이 가기를 기다렸어요. 당신네 나라 신문 방송은 뉴욕과 워싱턴에 대한 공격 1주년에 신경 쓰느라 그런 것에 주목하지 않았지만 말이죠. 9월이 지나면서 날이 짧아지기 시작했어요. 협상이 진행되기 시작했어요. 수백만 명의 목숨을 앗아 갔을지 모르는 파국의 가능성이 줄어들기 시작했어요. 물론 유예 기간은 짧았어요. 육 개월 후, 이라크 공격이 시작되었으니까요.

이런 갈등들을 하나로 묶어 주는 끈이 있는 것 같았어요. 테러리즘에 대한 싸움을 명분으로, 소수가 생각하는 미국의 이해를 밀어붙이는 거였어요. 테러리즘은 군복을 입지 **않은** 살인자들에 의해 조직화되고 정치적 동기에서 비롯된 양민 학살만을 가리켰죠. 나는 만약 이것이 우리 인간이라는 종(種)한테 최우선적이라면, 그런 살인자들과 같은 땅에 사는 우리들의 목숨은 어쩔 수 없는 민간인 희생이라는 것 외에 아무런 의미도 없다는 걸 깨달았죠. 바로 이것이 미국이 아프가니스탄과 이라크의 수많은 사람들을 죽이고, 또 파키스탄에 압력을 가하기 위해 전략적으로 인도를 이용해 훨씬 더 많은 사람들이 죽을 위험을 감수하는 걸 정당화하는 이유라고 생각했어요.

그 사이, 나는 대학 강사로 취직했어요. 나는 우리나라가 당신네 나라로부터 벗어나야 한다고 역설하는 걸 내 임무라고 생각했죠. 나는 학생들 사이에서 인기가 많았어요. 내가 젊어서 그랬는지도 모르죠. 혹은 그들이 예니체리로 살았던 내 경험의 현실적인 가치를 볼 수 있었기 때문인지도 모르고요. 재정 관련 과목을 가르칠 때 그들에게 내 경험에 대해서 얘기해 줬거든요. 여하튼 파키스탄이 국내외 문제에서 더 자주적이어야 한다고 주장하는 시위에 참여하도록 그들을 설득하는 건 어렵지 않았어요. 나중에, 우리 모임이 뉴스가 될 정도로 커지자 외국 언론들이 반미라는 딱지를 붙이더군요.

첫 번째로 주목을 많이 받았던 시위는 우리가 지금 있는 곳에서 멀지 않은 곳에서 벌어졌어요. 당신네 나라 대사가 이 도시에 와 있었죠. 우리는 그가 얘기하는 건물을 둘러싸고 구호를 외치며 플래카드를 들고 있었어요. 공산주의자, 자본가, 페미니스트, 종교적 원칙주의자 등처럼 다양한 사람들 수천 명이 몰려왔어요. 일이 걷잡을 수 없이 커지기 시작했어요. 허수아비를 만들어 태우고 돌을 던지고 난리였죠. 그러자 제복과 사복을 입은 경찰들이 우리를 공격했어요. 격투가 벌어졌죠. 나도 거기에 끼었고요. 결과적으로 나는 입술이 피투성이가 되고 손에 멍이 든 채 감옥에서 그날 밤을 보내야 했어요.

나의 공식 면담 시간은 곧 정치적인 성향이 짙은 학생들과의 면담으로 넘쳐 났어요. 너무 많아서 저녁을 먹은 후까지 연구실에 종종 있어야 했어요. 강의나 다른 것들에 관해 내 조언을 구하는 학생들의 요구를 만족스럽게 처리하려고 그랬던 거죠. 자연스럽게 나는 많은 학생들의 멘토가 되었어요. 소논문과 시위만이 아니라 이면에 있는 문제와 다른 다양한 문제들에 대해서 그들에게 조언을 해 주게 된 거죠. 마약 재활과 가족 계획에서부터 수감자들의 권리와 배우자에게 얻어맞은 사람들을 위한 피난처까지 다양한 것들에 관해 조언하게 된 거죠.

나는 당신에게 내 학생들 모두가 천사였다고 말할 생각은 없어요. 솔직히 말해, 일부는 평범한 흉악범보다 나을 게 없었어요. 하지만 나는 몇 년에 걸쳐 사람을 빠르게 평가하는 능력을 길렀어요. 당연히 이전에 내 멘토였던 짐의 능력을 적지 않게 따른 거죠. 나는 실수를 하는 법이 없다고 말할 생각은 없지만, 다른 사람에 대한 내 평가는 일반적으로 아주 괜찮다고 해도 될 것 같아요. 예를 들어, 나는 군중 속에서 누가 폭력을 선동할지, 혹은 내 동료들 중 누가 학장한테 가서 내 행동이 통제를 벗어나기 전에 나한테 경고해야 한다고 불평할지 보통 알 수 있죠.

나는 공식적인 경고를 몇 차례 받았어요. 하지만 내가 가르치는 과목들에 대한 요구가 너무 많아서 지금까지는 의심을 피해왔죠. 당신이 나를 교육에는 관심 없고 갱들처럼 학교 당파를 운영하는 젊은 범죄자들과 한통속인 **그런** 선생들 중 하나라고 생각하지 않도록, 나한테 관심 있는 학생들이 예의 바르고 야심 있고 영리하고 이상주의적인 학구파들이라는 점을 말해 주고 싶군요. 우리는 서로를 동지라고 부르죠. 같은 생각을 하는 모든 사람들에게 그러듯 말이죠. 하지만 나는 대신 **호의적인 사람들**

이라고 표현하는 걸 주저하지 않을 거예요. 그래서 나는 그들 중 하나가 암살 음모로 체포되었다는 소식을 최근에 듣고 아주 놀랐어요. 우리 시골 빈민들에게 개발 지원을 해 주려고 하는 당신네 나라 조정자를 암살하려고 계획했다는 혐의죠.

나는 음모라고 생각되는 사건의 내막을 알지 못해요. 동정의 대리인을 겨냥했다고 하니 더욱 잘못된 거죠. 하지만 나는 문제의 학생이 실수로 얽히게 되었다고 확신했어요. 내막을 모른다면서 어떻게 확신할 수 있느냐고요? 당신 어조는 대단히 불친절하군요. 마치 추궁하듯이 말하는군요. 당신이 암시하려고 하는 게 정확히 뭡니까? 나는 비폭력 신봉자입니다. 자기방어를 위해서가 아니라면 피를 흘리는 일은 몹시 싫어하는 사람입니다. 자기방어를 얼마나 넓게 정의하느냐고요? 전혀 넓지 않죠! 나는 살인자 편이 아니에요. 나는 더도 아니고 덜도 아니고, 그저 대학 선생일 뿐이에요.

당신 표정을 보니 나를 믿지 못하는 것 같군요. 아무리 그래도 나는 내 말의 진실성을 믿어요. 여하튼 그 학생에게 그 문제에 대해 묻는 건 불가능했어요. 그가 사라져 버렸으니까요. 비밀 유치장으로 끌려간 거죠. 당신네 나라와 내 나라 사이 어느 무법적인 구렁 속으로 말이죠. 내가 거듭 얘기했던 것처럼, 그와 나는 특별히 잘 아는 사이가 아니었어요. 하지만 나는 그의 수줍은 미소와 현금 흐름표를 분석하는 능력을 떠올렸어요. 나는 그에 대한 취급을 둘러싼 모호한 태도에 몹시 화가 나더군요. 국제 텔레비전 방송망이 우리 대학에 왔을 때 나는 그들에게, 미국처럼 다른 나라 시민들을 죽이려 하고 그렇게 멀리 떨어진 곳에 있는 수많은 사람들을 두렵게 만드는 나라는 없다고 말했어요. 어쩌면 내가 의도했던 것보다 그 문제에 대해 더 강하게 말했는지도 몰라요.

나중에 보니, 내가 실망감을 표현하는 것 말고 나 자신한테 주의를 끌려고 했을지도 모른다는 생각이 얼핏 들더군요. 나는 나 나름의 방식으로, 대륙과 문명 테두리를 넘어설 정도로 밝은 개똥벌레의 불빛을 냈던 거죠. 나는 만약 에리카가 지켜보고 있다면, 물론 논리적으로 보면 그녀가 보고 있지 않은 건 거의 확실하지만 말이죠, 여하튼 지켜보고 있다면, 나를 알아보고 마음이 움직여 나한테 연락을 할지도 모른다고 생각했던 거죠. 그녀에게서 아무 연락이 없자, 나는 상실이라는 잔잔한 흐름에 휩쓸려 버렸어요. 하지만 나의 짧막한 인터뷰는 반향이 컸던 것 같아요. 며칠 동안 그 인터뷰가 반복해서 방송에 나왔어요. 지금도 그 일부를 테러와의 전쟁 몽타주에서 볼 수 있어요. 그 영향이 엄청나서, 내 동지들은 내 난폭한 발언 때문에 미국이 밀사를 보내 나를 위협하거나 그보다 더한 짓을 할지도 모른다고 하더군요.

그때부터 나는 말로우를 기다리는 커츠 같은 심정이 되었어요.* 나는 아무것도 변한 게 없는 것처럼 정상적으로 살려고 노력했어요. 하지만 계속 감시당하는 것 같았어요. 망상 때문에 괴로웠어요. 나는 내 일상에 변화를 주려고도 해 봤어요. 예를

* 조지프 콘래드의 소설 『암흑의 핵심』 속 등장인물들이다.

들어, 학교에 가는 시간과 길을 바꿔 보기도 했어요. 하지만 모든 것이 아무 소용없다는 걸 깨달았어요. 운명이 닥치면 맞장을 뜨더라도, 그동안에는 공포감 없이 살아야지 싶었어요.

특히, 바로 이 순간, 당신은 자신이 하고 있는 행동을 피해야 해요. 어깨 너머로 계속 쳐다보는 걸 그만둬야 한다는 말이에요. 당신은 더 이상 내가 하는 말에 귀를 기울이지 않는 것처럼 보이는군요. 어쩌면 당신은 내가 고질적인 거짓말쟁이라고 확신하는지도 모르죠. 혹은 우리가 미행당하고 있다고 느끼는지도 모르고요. 긴장을 푸는 게 좋아요. 그래요, 저 사람들이 이제 조금 가까워졌네요. 그래요, 저 사람 표정이 꽤 험상궂군요. 대단한 우연이네요. 우리 웨이터예요. 나를 알아보고 고개를 끄덕이네요. 걱정하지 마세요. 저들은 당신에게 해를 끼치려는 게 아니에요. 얘기할 필요도 없지만, 당신네는 파키스탄인 모두를 잠재적인 테러리스트라고 상상하면 안 돼요. 우리가 당신네 미국인들 모두를 변장한 암살자라고 상상하면 안 되는 것처럼 말이죠.

아, 당신이 묵는 호텔 문에 곧 도착하겠군요. 여기에서 우리가 드디어 헤어지겠군요. 웨이터가 빨리 다가오는 걸 보면 작별 인사를 하고 싶은 건지도 모르겠네요. 맞아요, 그가 당신을 붙들어 달라고 나를 향해 손을 흔들고 있군요. 나는 당신이 내 얘기의 일부를 불쾌하게 생각했다는 건 알아요. 그렇다고 악수를 청하는 내 손을 거부하지 않기를 바라요. 그런데 왜 재킷 속으로 손을 넣는 거죠? 금속이 번쩍거리는 것 같네요. 당신과 내가

이제 어느 정도 친해졌으니만큼, 당신 명함 상자에서 나오는 빛
일 것 같군요.

옮긴이의 말

파키스탄 작가의 숨 막히는 알레고리 소설

  현실을 재현하고 형상화하는 데 용기가 필요할 때가 있다. 불편한 진실이나 정치적으로 민감한 주제나 사건을 다룰 때가 특히 그러하다. 그렇다고 용기만 있다고 모든 것이 해결되는 것은 아니다. 민감한 주제에 감정적으로 과잉 반응하게 되면 일방적인 주장이나 선전이 되면서 문학 작품으로서의 품격을 잃을 수도 있다. 그 안에 담긴 메시지가 아무리 옳아도 미학적 완성도가 떨어지면 그것은 선전에 지나지 않게 되고 덩달아 독자를 끌어들이기 어렵게 된다. 그래서 민감한 주제를 작품에 담아내는 일은 녹록한 일이 아니다. 그런데 파키스탄 작가 모신 하미드의 『주저하는 근본주의자』(The Reluctant Fundamentalist, 2007)는 그 일을 어디 하나 흠잡을 데 없이 매끈하게 해낸다. 작가는 예술성과 진실성, 메시지 중 어느 것도 소홀히 하지 않으면서, 9·11 전후의 세계정세와 관련된 불편한 진실을 완성도 높은 구도와 스타일로 형상화한다. 다른 작가에게 이러한 소재가 주어졌다면 흑백논리의 이분법적인 소설을 썼을지 모르지만, 그것은 이 작가의 손을 거치면서 빼어난 소설로 태어났다. 이 소설이 발표되자마자 엄청난 찬사가 쏟아진 것도 그렇고, 백만 권이 넘게 팔린 데다 《뉴욕 타임스》의 베스트셀러 목록에 이름을 올린 것도 그렇고, 부커상, 제임스 테이트블랙 문학상, 연방작가상 등 다양한 상의 후보에 올랐을 뿐만 아니라 애니스필드울프 도서상, 아시안-아메리칸 문학상, 앰배서더 문학상, 사우스뱅크쇼 문학상, 이탈리아 문학상 등을 수상한 것은 예술적 품격이 있었기에 가능했다.

하미드는 2000년에 『나방 연기』(Moth Smoke)를 발표하면서 노벨 문학상 수상자인 네이딘 고디머, 유명 작가인 조이스 캐럴 오츠 등으로부터 극찬을 끌어내며 화려하게 데뷔하더니, 2007년에는 두 번째 소설인 『주저하는 근본주의자』로 더 화려한 비평적 조명을 받았다. 두 권의 소설만으로 유명 작가가 된 것이다. 그리고 이후에 발표한 『신흥 아시아에서 부호가 되는 법』(How to Get Filthy Rich in Rising Asia, 2013), 『서구로 가다』(Exit West, 2017), 『마지막 백인』(The Last White Man, 2022)으로 문학사에 이름을 새긴 작가가 되었다. 놀라운 일이 아닐 수 없다. 서구에 비판적인 시각을 갖고 있다는 것이 결격 사유가 되지 않고 그가 이후로 지금까지 발표한 것과 대등하거나 더 좋은 소설들을 발표한다면, 그가 언젠가 노벨 문학상을 수상한다 해도 놀랄 일은 아닐 것이다.

　작가들의 초기 작품이 대부분 그러하듯 하미드의 두 번째 소설 『주저하는 근본주의자』에는 작가의 자전적 경험이 녹아 있다. 작가는 주인공이자 화자인 찬게즈처럼 파키스탄에서 태어나 고등학교까지 마치고 장학생으로 미국에서 대학교를 나왔다. 그리고 프린스턴대학교에 다닐 때는 노벨 문학상 수상자인 토니 모리슨과 유명 작가인 조이스 캐럴 오츠가 가르치는 창작 수업을 수강하면서, 두 작가로부터 많은 영향을 받았다. 책을 통해서만 알았던 두 작가를 가까이 대하면서 그는 작가가 되는 꿈을 꾸기 시작했다. 물론 처음에는 창작이 그의 본령은 아니었다. 그는 하버드대학교 법률전문대학원에서 기업법(Corporate Law)을 전공하고 뉴욕에 있는 회사에서 경영 고문으로 오랫동안 일했다. 그런데 일하는 틈틈이 쓴 첫 소설 『나방 연기』가 성공을 거두자, 회사를 그만두고 본격적인 소설가의 길로 들어섰다. 베스트셀러가 된 『주저하는 근본주의자』는 그가 전업 작가의 길로 들어서고 나서 쓴 소설이다.

　『주저하는 근본주의자』는 미국과 파키스탄을 배경으로 정치적으로 민감한 주제를 정면에서 다룬다. 작가가 그것을 다루는 방식을 보면 거의 충격적이다. 아무리 허구라고 해도, 그리고 아무리 소설 속 인물의 입을 통해서 하는 말이라고 해도, 월드 트레이드센터가 무너지는 비극적 사건을 보고 경악하기는커녕 "누군가가 그렇게 가시적으로 미국의 무릎을 꿇렸다"(74쪽)며 흡족해하다니! 충격적일 따름이다. 수천 명의 무고한 미국인들이 목숨을 잃은 비극적 사건을 두고 어찌 그런 말을 할 수 있을

옮긴이의 말

까. 엄청난 비극을 두고 어찌 "미국의 무릎을 꿇린" 상징적 사건이라고 할 수 있을까. 비록 속으로는 그렇게 생각하는 마음이 조금 있더라도 그런 감정은 안에서 삭여야 하는 게 아닐까.

그러나 소설에 등정하는 찬게즈는 그렇게 생각하지 않는다. 찬게즈는 그의 이름이 환기하는 '전사'답게 아주 호전적으로 독자를 도발한다. 그의 말을 듣는 소설 속의 미국인이 불쾌하게 생각하는 것도 무리는 아니다. 그러나 그가 그처럼 자극적인 말을 하는 것은 미국인들도 그러한 시각으로부터 자유롭지 않다는 불편한 진실을 이야기하기 위해서다. 그는 미국인에게 이렇게 말한다. "아, 내가 당신을 더 불쾌하게 하는 모양이군요. 물론 이해합니다. 자기 나라의 불행에 다른 사람이 흡족해하는 걸 보는 건 가증스러운 일이지요. 하지만 당신도 그런 감정으로부터 완전히 자유롭지는 못할 거예요. 당신은 미국 무기가 적의 건축물을 폐허로 만들어 버리는, 최근에 상당히 유행하는 비디오 클립을 보면 즐겁지 않나요?"(74쪽) 그가 말하고자 하는 것의 핵심은 월드트레이드센터가 무너지는 것을 미국의 무릎을 꿇린 사건으로 보고 흡족해하는 사람들이나, 자국의 첨단 무기에 다른 나라(예를 들어 이라크나 아프가니스탄)의 표적물이 순식간에 파괴되는 비디오를 보고 흡족해하는 미국인들이나 다를 바가 없다는 것이다. 그래서 소설에서는 동양과 서양, 파키스탄과 미국, 제3세계와 제1세계가 일종의 힘겨루기를 하는 것처럼 보인다. 소설이 처음부터 끝까지 일종의 스릴러 형식을 취하고 있는 것은 그러한 힘겨루기를 위한 전략이다. 소설 속에서 찬게

즈의 도발적인 말을 들으며 앉아 있는 미국인은 그를 암살하기
위해 파견된 비밀 요원일 수 있지만, 소설은 끝까지 그 점을 명
확히 하지 않고 애매하게 놓아 둔다. 그리고 찬게즈가 그 미국
인에 대해 어떤 생각을 품고 있는지, 또 어떤 행동을 하려고 하
는지도 명확히 하지 않고 애매하게 처리한다. 독자가 스토리를
따라가면서 긴장을 풀 수 없는 이유 중 하나는 바로 이것이다.
두 사람 사이에 무슨 일이 벌어질 것 같은 불안감이 생기는 것
이다. 그 불안감과 모호성, 불확실성이 소설을 끌고 가는 주된
동력이다.

　그렇다고 양쪽에 똑같은 양의 목소리가 주어지는 것은 결코
아니다. 이 소설은 찬게즈가 파키스탄을 찾은 익명의 미국인한
테 일방적으로 얘기하는 형식을 취하고 있는데, 이는 대단히 상
징적인 몸짓이다. 작가는 세계의 독자들을 향해 9·11과 관련하
여 미국을 포함한 서구 쪽이 해 온 이야기는 지금까지 실컷 들
었으니, 이제는 외부인들 특히 제3세계에서 그걸 어떻게 생각
하는지 들어 볼 때가 되었다고 말하고 싶은 건지도 모른다.

　작가는 일종의 담론 전쟁을 유발한다. 파키스탄을 포함한 이
슬람권은 담론 전쟁에서 미국을 포함한 서구에 늘 밀렸고 지금
도 그러한 게 사실이니까, 달리 말하면 서구의 목소리가 제3세
계의 목소리를 압도하여 그들의 목소리만 들리는 게 현실이니
까, 이기지는 못하더라도 그들과는 다른 시각으로 세상을 바라
보는 수많은 사람이 있다는 것을 작가는 얘기하고 싶은 것이다.
서구에 억압당하고 침묵을 강요당하는 사람들에게 소설 속에서

나마 목소리를 낼 수 있도록 공간을 할애하는 셈이다. 그래서 찬게즈가 미국에 의한 이라크 전쟁이나 아프가니스탄 전쟁, 파키스탄과 인도 사이의 긴장 조성이 "테러리즘에 대한 싸움을 명분으로, 소수가 생각하는 미국의 이해를 밀어붙이기 위한 것"(170쪽)이라며 자신의 대화 상대인 미국인을 몰아칠 때, 독자는 강대국의 이익에 희생당하는 제3세계의 노기 어린 목소리를 듣게 된다. 그리고 그가 "얘기할 필요도 없는 것이지만, 당신네는 파키스탄인들 모두를 잠재적인 테러리스트라고 상상하면 안 돼요. 우리가 당신네 미국인들 모두를 변장한 암살자들이라고 상상하면 안 되는 것처럼 말이죠."(175쪽)라고 말할 때, 독자는 테러와 전혀 관계가 없음에도 이슬람권 사람들을 테러리스트로 단정하는 미국과 서구에 대한 제3세계인의 항변을 듣게 된다. 또한, 그가 9·11과 관련하여 "미국은 거드름만 피우고 있었어요. 하나의 사회로서 당신들은 당신들을 공격한 사람들과 당신들을 묶어 주는 고통에 대해 생각하지 않으려 했어요. 당신들은 다르다는 근거 없는 믿음, 우월하다는 착각에 빠져 있었어요. 그리고 그런 생각들을 세계 무대에서 실현에 옮겼어요. 그래서 지구 전체가 당신네 분노의 여파에 요동쳤어요."(160쪽)라고 말할 때, 우리는 9·11 이후에 있었던 일련의 사건과 전쟁을 돌아보게 된다. 독자에 따라서는 그 목소리를 들으며 고개를 끄덕이기도 하고, 소설 속의 미국인처럼 분노하면서 불쾌해하기도 할 것이다. 독자가 작중 인물의 말과 생각에 어떠한 식으로 반응하든, 소설이 독자의 마음에 파문을 일으키는 것은 분명해 보인다. 작가가 원하는 것이 바로 그 파문이다.

소설의 중심에는 주인공 찬게즈와 에리카라는 미국 여성 사이의 러브스토리가 있다. 그런데 그들의 사랑은 단순한 남녀 사이의 사랑이 아니다. 그들의 사랑은 표면적으로는 개인과 개인 사이에 일어나는 사적인 사랑이지만, 조금만 더 깊이 들여다보면 그것이 사적인 사랑을 넘어 뭔가 더 큰 것을 나타내는 알레고리처럼 보이기 시작한다. 이 맥락에서 프레더릭 제임슨이 제3세계 문학에 대해 했던 말은 음미할 가치가 있다. 그는 "제3세계의 텍스트는 필연적으로 알레고리적이고 국가적인 알레고리"라며, 그 이유로 "사적이고 개인적인 운명에 관한 이야기가 늘 제3세계의 공적인 문화와 사회의 절박한 상황에 대한 알레고리"의 기능을 하기 때문이라고 말한다. 심지어 남녀의 사랑 이야기도 조금만 속내를 들여다보면 그들이 속한 사회를 반영하는 알레고리라는 것이다.

실제로 찬게즈와 에리카의 이야기는 "사적이고 개인적인" 사랑의 이야기지만, 개인적인 차원을 넘어 제3세계와 미국의 복잡한 관계를 환기하는 알레고리인 측면이 없지 않다. 청운의 꿈을 안고 미국에 와서 명문 대학을 졸업한 찬게즈에게 에리카는 아메리칸드림 그 자체로 보인다. 실제로 찬게즈는 그녀를 사랑하면서 모든 것을 얻은 것 같은 환상에 사로잡힌다. 그런데 그 환상은 현실과 맞닥뜨리며 실망과 환멸로 변한다. 정작 그녀는 죽은 연인을 떠나보내지 못하고 찬게즈와 제대로 된 사랑을 하

옮긴이의 말

지 못한다. 찬게즈와 에리카의 어긋난 사랑은 동양과 서양의 관계, 무지와 몰이해와 편견으로 점철된 동양과 서양의 관계, 아무리 자주 만나도 서로의 차이만을 확인하고 서로를 진심으로 사랑하지 못하는 동양과 서양의 관계에 관한 서글픈 알레고리인지도 모른다. 이런 점에서 보면, 남자친구의 죽음을 제대로 애도하는 데 실패하고 우울증에 빠져 현실 속 남자친구를 온전하게 사랑하지 못하는 에리카는 과거에 대한 향수에 사로잡혀 현실을 직시하지 못하는 미국을 대변하는 셈이다. 작가의 말대로 에리카(Erika)라는 이름은 아메리카(America)라는 말에서 의도적으로 취한 이름이다. 찬게즈라는 이름도 몽골 제국의 칭기즈 칸(Chingiz Khan, Genghis Khan)에서 따온 이름이다. 그가 소설 속에서 상대를 도발하는 일종의 '전사' 내지 싸움꾼의 역할을 한다는 점을 참작하면 작가가 왜 그에게 찬게즈라는 이름을 붙였는지 어렵지 않게 이해할 수 있다. 결국 이 소설은 에리카로 대변되는 아메리카 즉 미국, 그리고 찬게즈로 대변되는 제3세계의 관계에 대한 알레고리인 셈이다.

알레고리로 읽든, 개인적인 이야기로 읽든, 하미드의 소설은 잘 짜인 구조에 경제적이고 섬세한 문체, 긴장감을 유발하는 상황의 구도와 구성을 통해 동양과 서양의 관계에 대해 많은 것을 생각하게 한다. 우리가 이 소설을 읽으면서 제1세계와 제3세계의 비대칭적인 관계를 되짚어 보게 되는 것은 불가피한 일이다. 카프카는 "책이란 우리 안의 얼어붙은 바다를 깨는 도끼여야 한다."라고 했는데, 하미드의 소설은 "우리 안의 얼어붙은 바다를 깨는 도끼"의 역할을 톡톡히 한다. 미국이 세상을 지배하는 시대에 누군가는 이런 소설을 한 번쯤 영어로 써서 미국을 포함한 영어권 독자들, 나아가서 세계의 독자들을 불편하게 해야 했다. 하미드의 용기 있는 소설은 영어권 독자들에게 구애하는 대신, 그들을 자극하고 도발함으로써 그들 안에 있는 얼어붙은 바다를 깨려고 한다. 그리고 그가 도발하는 것은 영어권 독자들만이 아니다. 서양이 동양을 지배하다 보니 그들의 오리엔탈리즘에 자기도 모르게 물들고 그들에 편승하는 시각을 갖게 된 우리도 도발의 대상이 된다. 여기에서 중요한 것은 찬게즈도 미국에 가서 대학을 나오고 직장을 잡고 차별을 경험하기 전에는 미국을 숭배하고 그들의 시각에 동화되는 일종의 오리엔탈리스트였다. 물론 그가 그러한 함정에서 빠져나와 국가적, 민족적 정체성을 정립하게 되는 것이 이 소설이 겨냥하는 주제요 본령이다. 이 소설을 제3세계 청년의 성장 소설 혹은 교양 소설로 볼 수 있는 이유다.

『주저하는 근본주의자』는 아주 짧은 소설이다. 분량만으로 따지자면 장편이라기보다 중편에 가깝다. 작가는 의도적으로 소설을 짧게 만들어 "읽다가 그만두게 하기보다는 차라리 두 번 읽을 수 있도록 하고 싶었다."라고 말한다. 아예 작정하고 처음부터 짧고 강렬하게 쓰려고 했다는 것이다. 실제로 소설은 한 번 읽기 시작하면 내려놓지 않고 끝까지 읽을 수 있을 정도로 짧다. 그리고 한 번 더 자세히 읽고 싶은 생각이 들 만큼 강렬하

옮긴이의 말

다. 내 경험에 의하면, 두 번째로 읽을 때는 첫 번째 독서에서 감지하지 못했던 의미의 층들이 풍성하게 모습을 드러낸다. 이 소설을 읽는 즐거움이다. 이것은 내가 이 소설을 읽고 가르치고 번역하면서 경험한 것이다. 무엇보다도 긴장감이 넘치고 흥미진진해서 좋고, 서구와 제3세계의 관계에 대한 깊은 사유와 성찰을 담고 있어서 더욱 좋다. 영어권 독자만이 아니라 우리처럼 변방에 사는 독자들에게도 많은 것을 시사하는 교과서 같은 소설이다. 이 소설이 탈식민주의 논의에서 빠지지 않고 논의되는 것은 우연이 아니다. 이런 소설을 번역할 수 있게 되어 기쁘다. 여기에 내놓는 것은 2012년에 번역했던 것을 보완한 것이다. 이것은 이 소설을 찾는 독자들이 여전히 많다는 의미이기도 하다. 오랫동안 그러할 것이다.

2025년 4월

왕은철

주저하는 근본주의자

1판 1쇄 펴냄 2012년 11월 30일
1판 6쇄 펴냄 2020년 8월 11일
2판 1쇄 찍음 2025년 5월 15일
2판 1쇄 펴냄 2025년 5월 22일

지은이   모신 하미드
옮긴이   왕은철
발행인   박근섭·박상준
펴낸곳   (주)민음사

출판등록   1966. 5. 19. 제16-490호
주소   서울특별시 강남구 도산대로1길 62(신사동)
             강남출판문화센터 5층 (우편번호 06027)
대표전화   02-515-2000 | 팩시밀리 02-515-2007
홈페이지   www.minumsa.com

한국어 판 ⓒ (주)민음사, 2012, 2025. Printed in Seoul, Korea

ISBN 978-89-374-2875-3 03840